Hayer · Winklers letzter Feldzug

Björn Hayer

Winklers letzter Feldzug

Roman

Gans Verlag

Für Nadine Frank

Dieses Buch ist das Ende der Sanftheit.
Ich habe es mit Schrecken geschrieben.

Es ist vorbei. Immer und immer wieder gingen Winkler diese drei Worte durch den Kopf: Es – ist – vorbei. Pronomen, Verb, Adverb. Selbst wenn man den Satz umstellte, blieb sein unausweichlicher Sinn derselbe: vorbei ist es. Und als Frage? Dabei hatte sein Arzt diese Formulierung gar nicht gebraucht. Stattdessen sagte er, dass man zum jetzigen Stadium das Augenmerk vor allem auf kurative Maßnahmen legen müsse. Kurativ. Ein Wort wie eine Kur, schön und trügerisch. Es ginge jetzt um, es ginge jetzt, ja, es ginge jetzt um genau, es ginge jetzt um Schmerzreduktion. Auch um Zuhören, da sein. Um Therapie. Es ginge jetzt um, jede Silbe klang nach einer Operation am offenen Herzen. Nur bliebe dabei die Wunde offen. Unvorstellbar, dass Haut nicht mehr vernarben, dass sie nicht mehr von innen heraus heilen würde, dass der

Körper nun einfach nicht mehr dazu in der Lage sei. Ja zu was denn? Zum Leben, einfach zum Leben.

Noch in der Sprechstunde im Krankenhaus war alles weiß: der Schreibtisch, die Rückseite des Bildschirms, der Kittel, der Bart seines Mediziners. Nur ein einziges Familienfoto mit lächelnden Gesichtern stand neben der Tastatur. Die Aufnahme zeigte ein Dasein außerhalb der Klinik, bunter als die zum Sterben geschaffenen, unpersönlichen Flure. Es zeigte Winklers nicht mehr vorhandene Verankerung auf der Erde. Kinder, die Winkler nie hatte, und eine Frau, die schon vor Jahren an Krebs gestorben war. Jetzt hatte er auch ihn   erwischt. Angelika hatte ihn in der Brust, Winkler im Herzen – und wegen der Metastasen längst nicht nur mehr da. Man, immer wieder dieses „Man", das sich wie „vorbei" anhört, ja man hatte alles versucht, Operation, monatelange Chemotherapien, Tabletten gegen Kummer und Wahn. Man verabreichte Tabletten gegen Durchschlafen, Tabletten gegen Wohlbefinden. Tabletten gegen das Leben, das ihm mit jeder Haarwurzel langsam mehr entglitt.

Wie lange noch?, fragte er. Das könne man nie genau abschätzen. Es ginge, es gäbe Mittel. Wie lange noch? Schätzungsweise ein halbes Jahr. Wenn es gut läuft, ein ganzes Jahr. Dass Winkler es aus dem Behandlungszimmer zur Rezeption und an den Hafen schaffte, war nicht verwunderlich. Mit den Jahren kam eine allgemeine Abgeklärtheit, die nicht mit Stumpfsinnigkeit zu verwechseln war. Hinter ihm lag ein bescheidenes, aber immerhin passables Leben. Er musste nie an Restaurantbesuchen sparen. Und Geld für den alljährlichen Gardaseeurlaub zu zweit war stets vorhanden. Wie in einem Daumenkino und oder einem nostalgischen Stummfilm   liefen Winkler binnen weniger Minuten die Bilder seines Lebens durch den Kopf. Er saß auf einer Bank und starrte auf das heute überraschend ruhige Meer. Selbst die Möwen waren ruhig, als hätte man hier zur Andacht aufgerufen.   Man.   Nur ein leichter Wind wehte, so ganz im Vorübergehen. Reigen seliger Geister, Reigen seliger Geister, wozu dient ein Jahr? Ist es vorbei? Winkler sinnierte.

*

Winkler war erst seit sechs Monaten Rentner. Davor hatte er ein Leben lang geschrieben. Was pathetisch anmutet, beruhte letztlich auf solidem Handwerk. Nicht als Romancier hat er sich Lorbeeren verdient. Dafür hätte ihm Muse, Talent und zugegebenermaßen die Ausdauer gefehlt. Seine Berufung fand er im Lokaljournalismus. Er schätzte den kurzen Draht zu den Bewohnern seiner Stadt, kannte das Alter jedes Vereinsvorsitzenden   und Parteiadepten. Weder schrieb er Leute hoch, noch runter. Die ohnehin lausigen Kommentarspalten überließ er den Kollegen. Er empfand sich eher als Dokumentarist, als Beobachter, der – mit anständigem Karohemd und Seitenscheitel zwischen lichter werdendem Haar – aus der Ecke heraus den Überblick behielt. Man hätte ihn allzu leicht unterschätzen können, wenn er nicht hier und da auf den täglichen Redaktionskonferenzen überraschende Wissensschätze zum Besten gegeben hätte. Er, der für die meisten als verschroben geltende. Erst im Laufe der   Jahrzehnte erfuhren seine Kollegen von all den Büchern, die der Wochenblattreporter leise für sich las – ohne je besonders viele Worte über einen Schiller oder Rilke zu verlieren. Nach den Feierabenden, den Jubiläen von Kleintierzuchtvereinen und Ratssitzungen reiste er von seinem Sofa in seinem Reihenendhaus durch die Literatur, um in den Morgenstunden wieder in Friesland zu erwachen. Dort kannte man Winkler, auf dem Fahrrad oder vom Kaffee in der Stehbäckerei. Ein Journalist so gläsern und bewährt wie seine erwartbaren Artikel, die stets von einem Motiv durchdrungen waren: Anerkennung für jede Leistung. Nichts war Winkler so fremd wie Kritik, die, gesteigert zum Konflikt, ohnehin nur für Probleme im Zwischenmenschlichen sorgte.

*

Unschlüssig über die kurze Zukunft, die ihm noch blieb, ließ er sich die folgenden Abende auf etwas ein, das all die Jahre an ihm vorübergezogen war. Er, das Fossil, das bis zuletzt noch für die aussterbende Branche Zeitung schrieb, war zwar ein passionierter Leser, aber wahrlich niemand, der sich für das Fernsehen interessierte. Nun schaute er mit einiger Verblüffung. Er sah Bauern, die um Frauen warben, Frauen, die Männer ausbuzzerten. Er sah Hitlerdokumentationen. Er sah Krieg anderswo, im nahen Osten und am Rande Europas. Er musste gerade von den letztgenannten Tragödien nicht mehr allzu Genaues wissen. Kriege würden enden und beginnen. Und das alles lange nach seinem Tod. Er sah Menschen, die nackt waren und sich um ein Date bewarben. Er sah Nachrichten. Er sah Talkshows mit unnachgiebigen, den Gästen keinen ganzen Satz gewährenden Moderatoren. Er sah Balkendiagramme mit Prognosen für Wahlen und Inzidenzzahlen. Immer wieder Zahlen, dann eine individuelle Geschichte zu den Zahlen. So wie er auch seine Reportagen aufbauen musste. Cliffhanger nannten das die jungen Nachwuchsjournalisten der Zeitung, die noch gar nicht begriffen, dass sie längst für einen Friedhof schrieben, wo sich nur noch ein paar Rentner aufhielten. Er sah Rentner auch auf dem Bildschirm. Er sah, wie sie im Hotel ein von Starköchen zubereitetes Dinner zu sich nahmen. Er sah Sendungen über Tigerbabys im Zoo und verwaisten Hunden in Tierheimen. Er sah einsame Katzen, nur keine Halter. Die wurden noch gesucht. Er sah Hilfsnummer. Er sah alte James-Bond-Filme, Medizin für Nostalgiker. Er sah alte Edgar Wallace-Streifen. Winkler liebte die metallische Stimme: „Hallo, hier spricht Edgar Wallace".

Beinah hätte Winkler in dieser Erstarrung seinen aufs Äußerste geschrumpfte Lebensabend verbracht. Überhaupt war doch alles nun einem Beinah gewichen. Beinah hätte er manche Länder noch bereist. Beinah vielleicht noch einmal eine neue Liebe gefunden. Beinah hätte er Kinder mit seiner verstorbenen Frau bekommen. Beinah wären die Tage noch von einer zarten Schönheit erfüllt gewesen.

*

Doch Winklers Verdämmern wurde gestört. Durch einen Bericht in einem jener   Politikmagazine, die er zuletzt   in seinen jungen   Jahren, jenen des ruchlosen Rebellentums, gesehen hatte. Aber Winkler sah und sah und sah –

*

verstört durch Bilder.

*

Nie hatte Winkler bei seinen Besuchen im Kleintierzuchtverein Fragen über das Befinden der Kaninchen gestellt. Tiere waren für ihn einfach dies: Tiere. Tiere im Sinne von Nicht-Menschen. Nun aber sah er Augen, die ihm vertraut erschienen. Augen von einer Kuh, die kopfüber an einem Haken hing und brüllte. Ihr wild und hilflos baumelnder Körper hing über einem Fließband. Die Kuh war schwarz, der Raum weiß. Auch Menschen waren dort, verpixelt. Einer von Ihnen schlug auf den Kopf der Kuh, der aber nicht wegdämmern wollte. Kein Verdämmern. Die Kuh fuhr weiter, bis man eine Säge sah. Die Säge stach in die lebende Kuh. Die Säge fuhr durch den zappelnden Leib. Die Säge zerteilte die Kuh. Sie schrie, Winkler sah ihre Augen und glaubte, eine Träne darin zu bemerken. Aber er wusste es nicht. Denn er traute seinen eigenen Augen schon nicht mehr.

Winkler war mit einem Mal leer. So leer, als würde kein Krebs mehr in ihm Platz finden, als würden sich die Metastasen vor Schrecken in sich zusammenziehen und implodieren. Dann sah Winkler einen Mann von einer Tierschutzorganisation. Er sprach von Verstößen. Von Verstößen, die im Akkordbetrieb normal seien. Leider seien sie normal. Und leider habe es der Verbraucher in der Hand. Wieder hörte er: Es ginge … Winkler dachte kurz an die Ärzte. Sie sagten, er habe ES in der Hand. Sein knappes Leben habe er in der eigenen Hand. Die Kuh hatte es nicht. Die Kuh musste sterben.

Winkler schaltete weg und aus. Er war irritiert und überrascht. Aber das traf es nicht. Worte trafen ES nicht. Er fragte sich, ob er wach sei. Ob er Jahre verschlafen oder gar nicht gelebt habe. Winkler ging ins Bett, ohne Schlaf. Bis zum Morgen folgte weder ein Traum noch eine Einsicht. Seine Leere war mit Wachsein erfüllt. Nur eine minimale Veränderung schien für ihn unzweifelhaft: Dass die Räume seiner Wohnung ihm kleiner als in den vergangenen Monaten vorgekommen waren. Oder war er etwa gewachsen? Es wuchs doch nichts mehr an ihm außer vielleicht der Nase. Einzig ein tumoröses Gebilde nahm immer mehr Platz in ihm ein. Konnte es derart stark sein, dass sogar er noch ein wenig über sich hinauswuchs?

*

Der Sonnenaufgang sollte Licht bringen. Aber im Grunde war er wie jeder andere auch, sodass Winkler eigentlich seinen Gewohnheiten hätte nachgehen können, nämlich morgens schon ein Wurstbrot zu essen. Nun sah er aber in der fleischhellen Scheibe auf einmal mehr. Er meinte, so etwas wie Augen darauf zu erkennen. Augen, die ihn wieder fragten, ob er wach sei. Er legte die Scheibe von seinem Brot herunter. Nein, er verzichtete ganz. Zum ersten Mal befiel ihm beim Essen eine Art Ekel. Vor der Wurst oder doch vor sich selbst?

In den folgenden Tagen brachen Winklers Gewohnheiten, mit denen er seine Rentnertage strukturierte, weg. Er träumte nicht oder schlecht. Er schlief nicht oder schlecht. Er sah die

Wolken, die Gräser, alles in grau. Nachdem ihn seine journalistische Neugier nie in einen Schlachthof oder große Ställe geführt hatte, beschloss er im Internet mehr über die Tierhaltung in Erfahrung zu bringen. Insgeheim hoffte er, die Bilder, die er gesehen hatte, würden sich als fingiert herausstellen. Er hoffte auf die alles als Verschwörungsmythos dechiffrierende Nachricht. Oder darauf: Es ginge… um einen Einzelfall.

Stattdessen häuften sich aber die ungewollten Indizien auf den Internetseiten einschlägiger Tierschutzverbände. Winkler sah junge Schweine im Todeskampf, sich kauernd auf einem kalten Boden, ein Kalb, das noch lebend weggeworfen wurde, Kaninchen in einem Käfig aus Metallstreben, sich gegenseitig anpickende, federlose Hühner. Er sah Rinder an Haken, die bei lebendigem Bewusstsein durchtrennt wurden. Schon wieder. Winkler schaltete den Computer ab, ging spazieren. Sollte er mit diesen Bildern von der Welt in einigen Monaten abtreten? Mit dem Bewusstsein, dass diese niemals die beste aller Welten sein könnte? Winkler dachte –

*

Aktenseite 182

Auszug aus dem Protokoll zur Vernehmung des Zeugen R. durch Ermittler T.

R.: Und dann kam dieser Knall. Aber nicht so bombenhaft. Eher wie zerspringendes Glas. Zunächst wusste kaum jemand von uns, woher er kam. Dann sahen wir das Brennen der Mülleimer.

T.: Was hatte Ihrer Meinung nach die Explosion ausgelöst?

R.: Na was denn wohl? Dachten wir – das, was eben auch den Feueralarm ausgelöst hat.

T.: Und dann entstand Panik?

R.: Pff… Panik ist ein großes Wort. Vor allem für uns Arbeiter mit ,schwerem Gerät'. Hehe. Aber im Ernst: Die Angst begleitet uns den ganzen Tag, die ist ja schon im Objekt drin. Also kurz und knapp: wir sind da erprobt. Auf dem Gelände wollte natürlich trotzdem niemand bleiben. Ist ja klar. Man hat geschaut, dass man seine Sachen hatte und rasch wegkam. So gut, ,fair', bezahlen die ja auch nicht, dass man dafür noch sein Leben für die… wissen Sie?!

T.: Die meisten haben das Werksgelände dann zum Vorderausgang verlassen, korrekt?

R.: Stimmt.

T.: Und was war mit den Tanks?

R.: Was soll damit sein?

T.: Ja, gab es dort auch eine Feuerentwicklung oder gar eine Explosion?

R.: Tz... Wie sollen Wassertanks brennen?! Wasser, Chef, glüht nicht gut. Also nein!

T.: Sie haben auch sonst keine auffälligen Beobachtungen an den Tanks gemacht?

R.: Nochmal: Wir wollte ja nicht unser Leben... Da haben wir nicht noch einen gemütlichen Geländespaziergang mit Grillpause unternommen, bevor wir das Weite gesucht haben. Aber flüchtig, wenn Sie das meinen, ist mir nichts ins Auge... Und soweit ich weiß, steht doch noch alles, oder?

Winkler wachte tief in der Nacht auf. Um ihn herum sah er nur weiße Fliesen, einen Raum ohne Charakter, steriler als jeder Operationssaal. Der Raum hatte keine Fenster und lag in gleißendem Licht. Es herrschte eine bengalische Hitze. Nirgendwo stand ein Stuhl oder etwas, das –   Das einzige, was er wahrnahm, waren Geräusche. Er konnte nicht sagen, ob es Schreie waren oder einfach nur schiefe Töne. Winkler wusste nichts, er ahnte. Übles. Langsam kamen   die Laute näher. Laute von unaushaltbarer Intensität, Rufe, die aus dem Jenseits herrührten. Rufe aus den untersten Höllenkreisen. Rufe, die einem zähen und grausamen Tod entsprangen. Er glaubte, Schweine zu hören. Oder waren es Rinder? Oder Babys. Die Rufe wurden lauter, glichen Fingernägeln auf einer   Schiefertafel. Winkler hielt sich die Ohren zu und schloss angestrengt die Augen. Als er sie öffnete, bewegten sich die Wände. Sie fuhren aufeinander zu, während vom oberen Rand der Wände langsam Blut hinabfloss. Erst Tropfen, dann Flüsse. Bis der Boden rot war, bis Winklers Füße rot waren. Bis Winklers Brust rot war. Er ist gestorben für euch, der –

Um nicht noch einen Alptraum zu erleben, beschloss er, wach zu bleiben. Er stand vor seinem Fenster und blickte in den Wald hinaus. Der Vollmond brachte die Bäume zum Leuchten. Die Blätter raschelten im Wind. Dann sah Winkler einen Hasen zwischen zwei Buchen. Er sah sich um und hinter ihm erschien, als wäre es ihm gefolgt, ein Reh.
Beide blickten sie Winkler an, so, als wäre es kein Zufall, dass

sie sich genau hier und jetzt auf einer Blickachse begegneten. Sie zogen das Licht der Nacht auf sich.

In den kommenden Tagen sah Winkler die Reisekataloge durch. Was sollte man mit seinen letzten Monaten, Wochen und Tagen auch anderes anfangen, als ferne Orte zu besichtigen? Winkler wollte   die Zeit   nutzen und sein Trödeln der letzten Jahre ausgleichen. Als ginge das so einfach. Er sah lachende Gesichter. Er sah die Dünen von Djerba, den blau schimmernden Ozean vor Mauritius. So viel Schönheit konnte er nicht ertragen, sodass er von sein Reisevorhaben bald schon wieder Abstand nahm. Zumal ihm immer wieder dieser Alb-traum und   diese Fernsehbilder durch den Kopf gingen. Sie fesselten ihn an die bloße Gegenwart. Sein Kopf war ein Bahnhof für hereinrauschende Bilder, nur er konnte in keinen Zug mehr einsteigen. Die Gleise waren blockiert mit Bildern. Ihm gehörte keine Geschichte mehr.   Vor ihrem Tod hörte Winklers Frau die letzten Lieder, die Schubert ge-schrieben hatte. Es waren Lieder über ein Dahingleiten, ein sanftes Abschiednehmen und Hinübertreten   –   Musik, in der eine Schuld beglichen wurde. Die Buße. Winkler dachte in diesen Tagen auf seinem Sessel oft an die Tiere in der Nacht. Er meinte, von ihnen direkt angesprochen worden zu sein. Nicht wie ein Hilferuf, eher wie eine milde Zustimmung, es kam ihm wie eine stille Akzeptanz seiner Anwesenheit vor oder –

*

Winkler ging einkaufen. Früher sah er nie auf die Zutatenliste. Er kaufte   Fleisch, Wurst, Eier, Milch, Gemüse. Er war   Durchschnitt, ein wenig penibler, einfacher Konsument. Einer, der nichts an der Kasse und sowie nicht nach möglichen Allergenen fragte. Für seine letzten Monate hatte er sich vorgenommen, sich gute Lebensmittel zu gönnen. Die besten Kartoffeln und das beste   an der Fleischtheke zögerte er. Er nahm nichts, er sah nun etwas anderes in den Packungen. Er sah keine Stücke mehr, keine Nacken oder Koteletts mehr, sondern Blut und Traurigkeit. Winkler ging schleunigst zur Kasse, mit Porree, Kartoffeln, Soßenfonds. Er legte seine Ratlosigkeit auf das Band, die er sich kaum leisten wollte. Es waren ja, er konnte es sich nicht oft genug sagen, seine letzten Monate.

*

Mit dem Entschluss, sein Sterben in der vertrauten Stadt zu erwarten, wurde Winkler zu einem fleißigen Spaziergänger. Ihm fielen all die Kleinigkeiten auf, die ihm der nicht überfordernde, aber einnehmende   Redaktionsalltag abgerungen hatte. Die Bocciaspieler, alle älter als er. Die Blumenverkäufer, die Spielplätze, auf denen das noch ungezwungene Leben stattfand. Er saß auf Bänken und beobachtete Pärchen, die auf einer Decke im Park lagen. So: Sie las ein Buch, er schlief auf ihrem Oberschenkel. Winkler sah sich oft für kurze Momente als zufriedener Senior, wäre nur sein Kopf und die bitteren Wahrheiten nicht da. Er fühlte sich noch nicht zu schwach, er spürte noch nicht den alten Bocciaspieler in sich. Er spürte eine Zeit, die ihm zwar nicht gehörte, aber in der er sich bewegte. Musikalisch irgendwie.

An einem seiner vielen Nachmittagsgängen traf er in der Stadt auf Aktivisten mit Masken. Er konnte nicht unmittelbar erkennen, worin ihr Anliegen bestand. Vor sich hielten sie Monitore. Winkler trat näher vor einen der stummen Aktivisten und erschrak über jene Bilder, die sich ihm schon ungewollt ins Gedächtnis eingebrannt hatten. Er sah wieder Tiere und Blut, Messer, enge Gänge mit schreienden Schweinen. Darunter erschien der Schriftzug „Vergasung". Eine Passantin lief kopfschüttelnd vorüber und rief der Gruppe „Schwurbler" zu. Die meisten gingen eher betriebsam vorüber und schauten demonstrativ weg. Winkler sah Einkaufstüten und viele lachende Menschen. Winkler sah Menschen mit Eistüten und Milchshakes. Er wollte auch gehen und dachte aber an das Reh und den Hasen. Er sah in die Augen hinter der Maske und bildete sich ein, dort eine Träne zu sehen. Er wollte etwas sagen, ließ es aber und ging zum nächsten Monitor. Hier sah er ihm gänzlich unbekannte Aufnahmen. Hunde, die ein Reh trieben. Einige von ihnen bissen schon in das Hinterbein. Wieder sah er Blut. Dem Reh hing in seiner Hast die Zunge heraus, irgendwann kam es auf eine Wiese und wurde angeschossen. Es stürzte, war nicht tot. Es hob den Kopf und zwei Hunde bissen ihm in den Hals. Winkler wurde es übel. Dann folgte ein Schnitt. Dann sah er eine Wildschweinfamilie. Er sah sich im Wald. Erst wurden von der rennenden Meute, die an ihm vorübereilte, die jungen abgeschossen, alle nacheinander, jeder Schuss ohne Tränen, bis nur noch die um ihr Leben fliehende Mutter übrig blieb und im Geäst verschwand. Wer dachte an ihre Einsamkeit? An ihren Schmerz? Wer an die unschuldigen Seelen, denen man keine restliche Lebensspanne zubilligte?

*

Früher verstrich die Zeit für Winkler unmerklich. Hinter dem Monitor in der Redaktion drehte sich die Welt und Tage vergingen, ohne sie wirklich gelebt zu haben. Abend- und Morgenrot nahm Winkler in   bestimmten Phasen seines Lebens allenfalls als Hintergrundkulisse wahr. Und dennoch folgte alles einer unhintergehbaren Ordnung. Einer Stringenz des leisen Fließens der Dinge. Die Prozesse der Natur spiegelten sich im Wechsel: aus warm und kühl, Sommer und Winter. Keine Störung vermochte die gleitenden Übergänge, die es auch ohne Winklers bewusste Teilnahme gab, zu stören. In den vergangenen Wochen bemerkte er allerdings eine Veränderung. Das Wetter war unbeständig, der Mittag kippte unversehens in den Abend und die Nacht, ganz so, als wäre in diesen Sommer eine brutale Atemlosigkeit gefahren. Obwohl

er nie zur Spiritualität, gar zur Esoterik neigte, konnte
er sich nicht ganz des Gedankens erwehren, in diesem wandel-
haften Klima eine Krankheit, vielleicht sogar *seine* Krankheit
am Werk zu sehen. Die Krankheit Mensch, dachte er. Wie ein
Virus, der auf Sonne, Wolken, Mond und Sterne übergeht.

Mit den sich abrupt einstellenden Abenden kamen ihm
immer wieder dieselben Überlegungen: Wohin mit dieser
kurzen Spanne, die ihm noch bliebe? Und warum mussten
sich gerade in diesen Wochen die Menschen als die übelsten
Zeitgenossen entpuppen? Wenn ihm der eigene Kopf keinen
Schlaf gewährte, suchte er früher Ablenkung in den Krimis
der Primetime. Doch selbst die Pistolenschüsse schienen ihm
verändert zu sein. Er konnte kaum noch   Blut sehen. Er
konnte nicht mehr trennen, zwischen hier und dort. In den
düsteren Geschichten manifestierten sich auf einmal weit über
die menschlichen Abgründe hinausreichenden Wahrheiten,
die ihn geradezu blendeten. Ähnlich ging es ihm bei Nach-
richtenbildern aus Kriegsgebieten, die – zumindest auf manchen Sendern – die Gesichter der Toten zeigten.   Nur
sah Winkler darin nicht allein   das   Schicksal
unschuldiger menschlicher Individuen. Zunehmend erschrak
er über die Projektionen seines eigenen Geistes. Denn dieser
projizierte auf das zu sehende Konterfei immer wieder die
Leidensblicke erschossener Rehe oder geschlachteter Schweine. Geisterhaus, dachte er, Geisterhaus. Fernseher aus. Doch
selbst in der Stille zogen Dämonen durch seine Wohnung. Sie

waren heimisch geworden. Sie fraßen sich durch die Wände, in die Bettdecke, fraßen sich wie der Krebs in sein Inneres, das schutzlos daniederlag vor dem Schrecken der Welt. Ein Krebs, der einen aufgeschlitzten Körper hinterlassen würde. Alles schob sich zusammen, wurde enger, Fenster schlossen sich, der Sauerstoff schwand. Er musste raus aus der Wohnung, raus aus der Behaglichkeit, die längst keine mehr war, und –

*

Zu Beginn schob Winkler die gruseligen Phänomene, die ihn plagten auf die Krankheit. So sah das letzte Kapitel also aus: ein immer weiter voranschreitender Verlust von Gewissheit. Die Realität glich einem Irrgarten, durch den man tags wie nachts lief. Winkler sprach mit seinem Hausarzt und erhielt Tabletten. Er kannte   deren   Wirkung aus Reportagen, die er selbst anfertigte. Wer sie über Jahre hinweg nahm, musste mit Schäden rechnen. Doch da an ihm ohnehin jedes Glied und Organ morsch geworden waren und ihm kaum mehr als sechs Monate blieben, konnte er diesem Fanal gelassen entgegensehen. Nun   schlief   er, aber mit schaurigen Träumen.   Sie führten ihn in Schubladen, die sich schlossen und an deren Wänden Augen wie Schlieren hinabliefen. Sie   sahen ihn an, von allen Seiten richteten sich Blicke auf ihn. Beendet wurden derlei Episoden durch sein eigenes Ertrinken im Schleim der Pupillen. Jede

Nacht starb Winkler erneut in seinem Bett und unterhalb einer von ihm wahrgenommenen schrumpfenden Decke. Monate vor seinem physischen Sterben. Wie konnte das nur sein? Und was, verdammt, könnte ihm nur dabei helfen, die letzten Tage nicht als sich stets wiederholendes Inferno zu erfahren?

Wer sucht, der streunt. Und wer Angst hat, streunt auch. Die einsamen Wege durch die Felder kamen Winkler unheimlich vor. Früher nahm er, der einstige Stadtrandbewohner, oft das Rad zur Arbeit, fuhr entlang der morgendlich feuchten Wälder, die indessen etwas eigenartig Fremdes angenommen hatten. Sie hatten sich von ihm abgewandt. Wollten sie seiner Fäulnis entgehen? Sich seiner entledigen, bevor der Krebs auch in die Stämme der Bäume drang? Unsichtbarer und tödlicher als jeder Borkenkäfer? Winkler trieb es aufgrund seines Unbehagens den Bäumen gegenüber daher fast täglich in die Fußgängerzonen, vorbei an den immergleichen Schaufenstern, an den Bettlern, die er teils schon seit Jahren kannte und die ihn trotz weitaus schlechterer finanzieller Situation alle überleben sollten, vorbei an den früheren Cafés, die nun Franchise-Backshops enthielten. Vorbei an all dem Gewesenen, das in eine zähe Gegenwart übergegangen war. Auf diesen Pflastersteinen konnte ihn kaum etwas überraschen, trotz der beschleunigten Veränderungen, die wohl alle urbanen Orte ereilten. Doch selbst die zuverlässigste Schleife aus

Wiederholungen kann ins Stocken geraten und alle Bewegung unversehens in einen schrecklichen Stillstand versetzen.

Als Winkler an einem der vielen gleich anmutenden Samstagsspaziergänge wiederum auf die stillen Protestler mit den Masken und Monitoren traf, kam es ihm vor, als wäre er direkt unter den Augen des Rodinschen Denkers in die Hölle hineingeraten. Er spürte   Schweiß auf seiner Stirn, Schweiß unter seinen Armen,   Schweiß, der seinen Rücken hinablief. Sein Herz pochte so laut, dass er meinte platzen zu müssen. Alles   in ihm drängte nach außen. Er glaubte, in der Hitze   zu brennen, wie unter der spanischen Sonne, wo die Stiere verzweifelt auf ihre Toreros zustürmten, um sich selbst alle Lebensenergie zu nehmen, bevor sie ihnen geraubt würde. Er sah noch Videoaufnahmen von Schweinen. Sie räkelten sich voller Schmerz auf weißen Fließen, während aus ihrer Körpermitte Blut herausschoss. Winkler hörte ihre Schreie, obwohl die Filme ohne Ton abliefen. Winkler sah noch zappelnde Rinder am Fließbandhaken. Winkler sah ein brüllendes, herabhängendes Rind, das von einer automatischen   Säge zerteilt wurde. Er sah Hühner, Käfige, weinende Augen,   Angst,   immer wieder   Angst, Schnitte, vernahm Schreie und wieder Schnitte   und Schreie, Messer und Walzen, Augenschnitte, Stiche und Schnitte, bis er selbst losstürmte. Er griff nach der Maske von einer   Aktivistin und riss sie zu Boden. Er meinte, genau das getan zu haben. Dennoch hielt sie den Monitor fest hoch in der Luft. Winkler wollte tollwütig zum Schlag ansetzen und sah mit einem Mal in die Augen eines kaum volljährigen Mädchens. Da war keine Aggression, nicht einmal der Versuch einer Gegenwehr. Nur der Blick, wie man ihn von Menschen am Ende eines Salzmarsches oder nach einer Beerdigung kannte. Augen, an denen beinah unbemerkt Tränen hinabliefen. Augen, die sich gegen einen Sturm richteten und offen blieben, selbst bei strömendem Regen.

Winkler schreckte zurück, vor Scham über seine erhobene Faust und seinen Kontrollverlust. Er konnte kein Wort sagen. Keine Entschuldigung, kein ungeschicktes Räuspern kam ihm über die Lippen. Er wich zurück und ließ die Arme sinken wie ein alter, wirrer Mann. Er wusste, dass alle auf ihn schauten. Winkler verharrte für einen Moment. Er sah zu Boden, fasste sich und lief weiter. Er lief, ohne sich dessen bewusst zu sein. Er lief und lief ganz so, als würde sein Leben in eine erschreckende Endlosigkeit –

*

Die kommenden Tage standen im Zeichen eines Wandels. Winkler wusste, er würde nach diesem Schock nicht in seine Routine zurückkehren können. Er hatte das Können verlernt und den freien Willen verloren, den er sich zurückholen musste. Sein Eskapismus konnte nicht mehr gelingen, weil es kein Außerhalb mehr gab. Er hatte nur eine Möglichkeit: sich den Dämonen zu stellen. Er musste die Bilder in seinem Kopf zulassen. Er musste sie ordnen, um zu verhindern, dass sie sich als ein Stapel weiterhin über seinen schrumpfenden Körper legten und ihn zerdrückten. Sicherheit fand Winkler stets in seinem Beruf. Er wusste, dass Unwissen und

Angst   nur durch Recherche zu überwinden waren. Fakten siegen über Geister. Vor Jahren fluchte er noch über das Internet und all die selbsternannten Journalisten, die sich darin tummelten und für Nachrufe schnell Wikipedia umschrieben. Nun, gänzlich abgekoppelt vom alten Redaktions- und Wissensnetz, setzte er sich an den heimischen Computer.

Er gab Suchbegriffe wie   „Schweine   Betäubung"   oder „Jagd Wildschweine Babys" ein. Immer mehr grausame Fotos und Videos tauchten auf unterschiedlichsten Webseiten auf, die einen zu immer schlimmeren Aufnahmen führten. Hatte Winkler früher auch noch Witze über ‚militante' Tierschützer gemacht, so blieben ihm solcherlei Wendungen mit einem Mal im Halse stecken. Er sah: tote   Rehe
      mit offenen   Mägen und einem darin
verendeten   Kitz, er sah Füchse, deren
Beine in Fallen   zerquetscht waren und
die der   Tod   offensichtlich noch nicht
erlösen wollte,   erlegte Frischlinge,
drapiert zu einer   Linie. Er sah: verendete Tiere in
      Transportern ohne Wasser,   eine

Masse verendeter Tiere in einem   niedergebrannten Stall,
Kühe, die bis zur Hälfte ihrer Beine   im eigenen Kot standen, Hühner ohne Federn, ein Huhn, dem ein
Auge ausgepickt worden war. Und er las: von Tieren, die nie
das Sonnenlicht sahen, von Kälbern, die man lebendig auf
den Müll warf, weil man für sie keinerlei ökonomische Ver-
wendung hatte. Winkler las und las, weil er auf einmal Angst
hatte, in sein bisheriges und wahrscheinlich allzu sorgloses
Dasein zurückzukehren. Er konnte sich nicht mehr lösen
von diesen Berichten. Nie zuvor war diese Welt Teil seiner
Welt gewesen. Über mehrere Tage hinweg lebte er nun in
seiner Wohnung, mit herabgelassenen Rollläden
und angezogen von diesem epiphaniegleichen Licht des
          Monitors. Je mehr er erfuhr, desto mehr fühlte er
                    sich wieder den eigenen vier Wänden zu-
gehörig. Und je mehr er auf einschlägigen Seiten von Tier-
schutzorganisationen an Wissen erlangte, desto ferner wurde
er den Menschen.

Bevor er sich in diesen Tagen ins Bett legte, erschöpft von
der unsagbaren Gewalt, die er mit einem Mal in der Welt ver-
spürte, nahm er immer häufiger eine Wut wahr. Eine Wut,
die aus tektonischen Verschiebungen heraus entstand. Zuerst
waren da sich aneinander reibende Platten. Doch keine ließ
sich durch irgendwelche Naturkräfte von ihrem Kurs ab-
bringen. Sie schoben gegeneinander, und türmten sich stetig
immer weiter auf. Was darunter geschah, konnte man nur er-

ahnen. Es brodelte. Doch wie lange würde die Gewalt, die sich in Winkler einfraß, noch –

*

Offen liegt das Herz vor dir. Ist es deines? Wessen Schlag treibt es noch an? Und wofür   schlägt es noch, wenn es kein Blutkreislauf mehr umgibt? Wenn die Seele bereits   entschwunden ist? Herz, ach, Herz, so schwer ist mir die Welt, dass ich sie ganz dir übergab. Als könnte sie dein Klopfen allmählich zertrümmern, zerbröseln zu Sand – für   *die Uhren, denen man gern mehr Macht zuschreiben würde. Würden sie schneller   z ä h l e n , ginge vielleicht all das Grauen dieser Welt rascher zuende. Wer würde um sie   weinen? Ach, Herz, du letzte Kraft, ich würde dich gern verschenken an ein   Lebewesen, dem zum ersten Mal den Lauf in der Sonne gewährt würde. Das keucht   und tollt, voller Unvermögen und Begeisterung. Ach Herz, in mir vergehst du nur,   sinkst hinab in ein giftiges Moloch, Du japst, dass es mich beschämt. <u>Alle beten   sterbend, um Rache. Alle! Nichts als Nacht. Ich Elender sterbe um all' diese Scherben.   Nacht!</u>*

*

Aktenseite 141

Aufnahme des Tatorts 1., nahe dem Firmengelände H & H., Beschreibung durch Ermittlungsbeamtin F.

Sieben Meter nördlich der Waldlichtung Z., ab-
zweigend von dem Landwirtschafts- und Forstweg
A, ist ein LKW der Marke Chrysler, der an zwei
angefahrenen Birken zum Stehen gekommen sein
muss, gesichert worden. Dem Aufprall sowie den
Reifenspuren im weichen Untergrund zufolge,
dürfte das Fahrzeug eine Geschwindigkeit von
60 km / h gehabt haben. Der Tachostand wies
Unregelmäßigkeiten und Manipulationen auf, die
auf die Missachtung gesetzlicher Ruhe- und
Pausenzeiten hinwiesen. Die Höchstgeschwindig-
keit wurde damit überschritten. Zudem lag den
Behörden keine Genehmigung des Fahrzeugs für
diesen Weg vor.

Angaben zum Zustand des LKW: Gebrochene Wind-
schutzscheibe, aufgesprungene Motorhaube.
Seitenfenster der Fahrerkabine nicht mehr
funktionsfähig. Unter dem Fahrerhaus Spuren
ausgelaufenen Öls und Kühlerflüssigkeit. Die

Behandlung des Bodens durch die Schadstoff-
abwehr schien geboten. Für ausgetretenes Ben-
zin waren keine Anhaltspunkte zu verzeichnen.

Angaben zur Transportfläche: Die Rampe war
geöffnet. Im mehrstöckigen Innenraum wurden
sieben tote Sauen geborgen, die nach Angaben
des Veterinärs G. nicht durch den Aufprall ums
Leben gekommen sein dürften. Erste Diagnose
lautete: Tod durch Dehydrierung. Ferner befanden sich lose Streureste auf der Transportfläche. Wasserquellen sowie Futtermittel konnten nicht festgestellt werden.

Wenn andere ihre Ablenkung im Sport suchten, ging Winkler einkaufen. Er bummelte früher durch die Regale, hielt Ausschau nach neuen Ölsorten und exotischen Produkten aus Übersee. Die Fremde, die er nie in weit entfernten Urlaubsländern kennen lernte, holte er sich gewissermaßen kulinarisch in die eigenen vier Wände. Daran hielt er noch fest, zunächst zumindest. Er ließ sich Zeit und warf hier und da wie früher Blicke in andere Einkaufswägen. Nur bemerkte er inzwischen ein diffuses Unbehagen dabei. Er sah nicht mehr die abgepackten Steaks, saftig und blutig, wie er sie   eigentlich   selbst mochte, er sah wieder die Augen aus den Fantasien, die ihm den Schlaf raubten. Er sah die Augen der Schweine und Rinder. Und über die wohligen Einkaufssounds aus den Lautsprechern, die feine Afterworkstimmung verbreiteten, legten sich die Stimmen ihrer Schreie unmittelbar vor der Tötung. Winkler fühlte wieder sein rascher pochendes Herz, seine anschwellenden Adern. Seine Wut über den Geiz der Menschen, zu denen er doch allzu lange, ja im Grunde sein ganzes Leben auch gehört hatte. Dann sah Winkler die   Fleischtheke. Verkäuferinnen   als Verkörperungen einer Nettigkeit, wie man sie nur am Empfang des Paradieses vermutete, reichten mit ihrem übertrieben friedlichen Grinsen Kindern die Lyonerscheiben über die Theke. Wie Chupa Chups oder Bonbons. Es war das erste Mal, dass sich der Beobachter fragte, ob sich hinter der wiederum allzu herzlichen Geste nicht doch eine   geheimbündlerisch eingeübte Strategie verbarg. Sollten sich die Jugendlichen durch derlei Zuwendungen schon früh an die zerstörerische und lebensverachtende Fleischindustrie gewöhnt werden? Begann hier nicht die Normalisierung einer Abnorm? Nie hatte Winkler so über die Zeit, seine Gegenwart und Lebensweise nachgedacht und gleichzeitig feststellen müssen, wie sein Denken an sich verdrängt wurde von einem Hass auf all die Ignoranten. Denn wusste die vielen Konsumenten wirklich nichts von dem Purgatorium hinter den abgeschotteten Ställen und Schlachtfabriken? Waren sie alle blind? Wie er selbst über Jahrzehnte hinweg? Winkler konnte keine Gnade empfinden. Nicht nach alledem, was er gelesen und gesehen hatte. Und am allerwengisten empfand er Gnade für sich selbst.

Wie ein Geschwür kam ihm das Versprechen auf Immermehr und Immer-günstiger vor. Es nahm seinen Anfang in den Köpfen und bestimmte bald das ganze Handeln der Menschen, die einkauften und verkauften. Winkler mied seit seinen ihm längst bekannten Wallungen die Supermärkte und ging, wie er es noch von früher kannte – wann hatte er es nur aufgegeben? – verstärkt auf den Wochenmarkt. Immer mehr Gemüse und Obst verzehrend, machte er auf seine späten Tage eine unerwartete Wandlung durch. Es gab ein Leben davor und ein kurzes, aber bedeutsames Leben danach. Ein Leben vor den Bildern, verbracht in einer schier unsagbaren Naivität und Gutgläubigkeit, und ein Leben danach, das vor allem von Misstrauen und Skepsis durchdrungen war. Die Welt hatte ihre Unschuld und ihre Leichtigkeit verloren. Alles schien in ihr nunmehr einen doppelten Boden zu haben. Hinter jedem anrüchig niedrigen Preis musste ein verstecktes Leiden wohnen, hinter jedem Grinsen ein Teufel. Beispielgebend war für Winklers Zweifel an der Welt der fahrende Imbiss „Hühner Fred". Vor orangenem Hintergrund sah man auf den Wägen ein Huhn mit Grillschürze und Kochmütze. Während es dem Betrachter zuzwinkerte, hielt es eine Grillgabel mit einem Geflügelschenkel in die Luft. Iss mich, ich tue es gern für dich –

*

Seitdem Winklers Dasein nicht mehr durch den Redaktionsalltag samt der Termine, über die es zu berichten galt, getaktet war, beschränkten sich seine sozialen Kontakte auf ein Minimum. Nur noch selten besuchte er den Skat-Abend im „Anno Tobac", eine Spelunke, in der sich neben Spielautomatenzockern, Alkoholikern, Umzugshelfern auch allerlei normalerweise für seinen Beruf gut verwertbaren Gerüchte auffinden ließen. Auch Hausnachbarn wie etwa den Hausmacher-Willy, dem die letzte Metzgerei im Ort gehört hatte, begegnete man in der Kaschemme. Manche nannten ihn nur den Gewerkschafter. Winkler hatte immer gemischte Gefühle, wenn er ihm begegnete. Er bewunderte seine Aufopferungsbereitschaft für eine sozialistische Organisation, in der er das Ideal einer solidarischen und gerechten Gesellschaft verwirklicht sah, doch empfand Winkler oft als belastend, dass er mit ihm über nichts anderes reden konnte. Willy befand sich immer im Modus des Kämpfers, des Systemüberwinders, weswegen die meisten seiner Bekannten den Marx-Bartträger sogleich mit Attributen wie „radikal" oder „militant" versahen. Ob das auch an dessen Art des Grüßens lag? Wenn er Hausmacher-Willy im Treppenhaus sah, führte dieser seine Hand bewährt an die Stirn, als wären sie beide gerade auf See. „Na, immer noch im Widerstand?", fragte Winkler im scherzhaften Ton. „Der hört nie auf. Nach der Revolution ist vor der Revolution. Wissen Sie ja", erwiderte Willy. Als Winkler neulich weitergehen wollte, hielt er diesmal doch kurz inne, drehte sich um und fragte: „Ach, Willy, sagen Sie: Wie fing das eigentlich an mit Ihren Demonstrationen? Ich meine, wie sind Sie da reingeraten?" „Reingeraten? Das trifft's. Ich war sechzehn, als ich zu dem Verein kam. Ich war gerade frisch in einer Firma in der Autobranche. Ersatzteile und so ein Zeug. Lüftungsdingens. Und wie es eben so läuft, wird man als Neuer kräftig ausgebeutet. Und dann fielen mir Flugzettel von der Gewerkschaft im Betrieb in die Hand. Stande Pede war ich auf der nächsten Versammlung dabei. Alle tickten ähnlich. Und so wurden wir Genossen. Traurig nur, dass inzwischen so viele verstorben sind." „Ja, sehr traurig", bestätigte Winkler, der dem Alten noch einen freundschaftlich-mitleidigen Blick zuwarf und das Ge-

spräch mit der üblichen Floskel „Dir nur das Beste, Willy"
beendete.

*

Sollte auch Winkler sich Verbündete suchen? Die Gelegenheit wäre leicht am Schopf zu packen. Er kannte den Namen
der Organisation hinter den still Protestierenden auf der Straße. Und auch wenn er bei einem Treffen nicht bleiben wollte,
so gäbe es allen Grund eines aufzusuchen, allein um sich für
den neuerlichen Vorfall zu entschuldigen. Auf der Webseite
war ein Link zu einer Facebookgruppe angegeben. Er bat um
Zugang. Einige Tage später erhielt er dann Informationen zu
einem offenen Stammtisch in einem ihm unbekannten Res-
taurant. „Alles vegan!", versprach   die Homepage.
Winkler besorgte einige Blumen, die er dem Mädchen mit
der Träne mitbringen wollte. Er zog sich schick an, ganz so als
hätte er den Trend zur lockeren Mode verpasst oder einfach
nicht mehr nötig.

   Dass die Begegnung für Winkler keine einfache sein würde,
hatte er sich gedacht. Und er hatte sich zugleich geirrt. Entgegen
aller Annahmen wurde jeder Interessierte mit offenen Armen
und Herzen   empfangen. Winkler erkannte das
Mädchen sofort, das sich allerdings nicht an ihn erinnern
konnte. Er half dessen Gedächtnis etwas nach und erhielt
schließlich sogar seine Entschuldigung. Seit Langem empfand

er wieder ein Zugehörigkeitsgefühl. Gleichzeitig breitete sich in ihm eine tiefe Traurigkeit aus. Ein junger Mann berichtete von einem nächtlichen Einbruch in einen Stall mit Kamera. Die Luft sei voller Gestank gewesen, und auf den Boden hätten zwischen tausenden Hühnern viele Kadaver und – noch schlimmer – langsam verendende Tiere gelegen, die wiederum von anderen angepickt worden seien. „In diesen Fabriken wird jedes Tier zum Kannibalen. Man wird irre. Man wird einfach irre", sagte er. Eine ältere Frau wollte gar nicht erst selbst erzählen, sondern die Bilder ihres Handys sprechen lassen. „Schaut euch diese Schweinerei an. Ein Fuchs in einer Totschlagfalle mit einem zerquetschten Bein. Er muss tagelang gelitten haben. Oder hier dieses Video von einer Treibjagd. Die Jäger schießen einen Frischling nach dem anderen hinter der Mutter ab, bis nur noch sie übrig bleibt. Wahrscheinlich wäre es für sie besser, selbst tot zu sein als solche Qualen erleben zu müssen". Winkler kamen die Tränen. Sein Herz schwoll wieder an. Gerade sein Herz, das doch jetzt – schriftlich und amtlich bestätigt – ohnehin nichts mehr ertragen konnte. Mehr als den Tumor spürte er die Schüsse des Gewehrs in sich. Er spürte, wie sie die Blutbahnen in ihm zerfetzten und das Rot sich in Sekundenschnelle ausbreitete. Weder gab es Schleusen noch Stents. Wer würde ihn, das abgeschossene, schwache Wild finden und heilen? Er konnte nur warten, bis der Schuss erfolgte, den die Menschen ihres reinen Gewissens wegen gern als Erlösung ansehen.

*

Jenseits veganer Verköstigungen dienten solcherlei Abende zu konspirativen Absprachen. Zu später Stunde bildeten sich im Café C.   kleine Gruppen. Man plante neue Aktionen. Irgendwo im Raum hörte er noch die Worte Lunte und Pulver, dann hörte er jedoch bewusst weg. Fast schon begeistert verfolgte er hingegen eine lautstarke Ankündigung einer Anwesenden zu einer Mahnwache am regionalen Schlachthof. „Sonntag, 12:00 Uhr, wenn die Laster wieder kommen! Bringt Mut und Kleber mit!" Winkler wusste, dass er auch dort sein würde. Am Demonstrieren ist nichts Verwerfliches zu finden. Der ehemalige Lokaljournalist ging zur Mahnwache und brachte eine Friedhofskerze mit. Er wollte der Seelen   derer, die nun in den Tod gefahren wurden, gedenken und beistehen. Während sich die jüngeren mit Sekundenkleber vor der Hofeinfahrt festmachten, gingen zwei alte Frauen direkt zu den Luftschlitzen der Transporter. Winkler konnte das rote Auge eines sichtlich verängstigten Schweines erkennen. Es leckte Wasser von der   Flasche einer der Frauen. „Die wissen es genau", raunte es unversehens hinter ihm, „die wissen genau", meinte eine Dame, die über achtzig sein müsste, „was ihnen droht, was mit ihnen passiert. Tiere wissen das genauso wie wir Menschen." Je länger Winkler der Blockade beiwohnte, die schließlich die Polizei auflöste, desto mehr wuchs in ihm eine andere Skepsis: Genügen diese –

*

Winkler sah sich Zeit seines Lebens als   aufrechter
Demokrat. Als Journalist trug er zum   Funktionieren
des   Staates bei, so sein Selbstbild. Aber wen
schließt er ein? Welche Minderheiten unterstehen seinem
Schutz? Vieles wurde für die unterschiedlichsten Interessens-
verbände im Laufe der vergangenen Dekaden erreicht. Für
Menschen mit anderer Hautfarbe und nationaler Herkunft,
für Homo- und Transsexuelle. Aber längst verlief der Weg zur
Gleichheit nicht nur über selbstbewussten Protest. Insgeheim
bewunderte Winkler Kämpfer wie Che Guevara oder Ulrike
Meinhof, die ihre Werte ab einen gewissen Punkt auch mittels
Waffen umzusetzen bereit waren. Im Grunde kannte er kaum
einen Helden aus irgendeiner Geschichte, der zum Erreichen
seiner Ziele nicht die Bereitschaft zur Gewalt aufbrachte.
Was wäre aus Jeanne d'Arc geworden, hätte sie nicht mit einer
Armee gekämpft? Und wie hätte ein Widerstand gegen Hitler
erfolgen können ohne   Tötungsinstrumente
und Bomben? In   Winkler wurde langsam
aber stetig, mit jedem nächtlichen Albtraum immer klarer,
dass nur die Stimme zu erheben, die Situation nicht würde
ändern können. Allein war er mit dieser Auffassung nicht.
Auf den Sitzungen der   Tierrechtler fiel nämlich häufig der Name Tom Reagan. Ihm zufolge sei es moralisch geboten, alle Ställe sofort zu öffnen und die Tiere, die er mit
den Sklaven der Kolonialisten verglich, zu befreien. Wie die

Menschen seien sie „Subjekte-eines-Lebens", weil sie Interesse und Bedürfnisse hätten. Sie verfügten über eine fundamentale Weltwahrnehmung und könnten somit Gefährdungen ihres leiblichen Wohls bemerken. Auf das Argument hin, der Mensch sei moralisch und kognitiv den meisten Vierbeinern überlegen und könne daher eine exklusive Rechtsgemeinschaft begründen, wanden die auf den Treffen behandelten Theoretiker mitunter ein, dass auch nicht jedes humane Wesen über eine ausgeprägte Moralfähigkeit verfüge. Trotzdem kämen Demenzkranke oder Menschen mit Behinderung in den Genuss der Menschenrechte. Müsste man dann nicht auch Menschenaffen oder die sehr intelligenten Schweine, die ähnliche Bewusstseinsgrade wie die Menschen auszeichneten, stärker berücksichtigen? Die Einsicht zeigte sich Winkler klarer und klarer: Mensch und Tier – diese Begriffe sind von uns Menschen gemachte Konstruktionen.

*

Obwohl der Krebs alles in ihm auffraß, ganz langsam und unerbittlich, wurde Winklers Bewusstsein mit jedem Tag schärfer. Das empfand zumindest er so. Er wusste, dass Handeln nötig sei. Und er wusste, dass dieses Handeln kein virtuelles sein könne. Statt zum Stift müsste er zur Axt greifen – vor allem jetzt, in diesem sonderbaren Zerfallsstadium, da ihm keine Strafe mehr etwas anhaben könnte. Warum auch? Er hatte einen Freifahrtsschein, um Gutes zu tun, wenn auch mit wenig pazifistischen Möglichkeiten. Früher hatte Winkler an die Macht des   Kompromisses geglaubt.

      Oder an die   vielbeschworene Macht des

      Arguments, an den   Dialog

oder den „Runden Tisch". Seine Texte, die er über Gemeinderatssitzungen schrieb, tänzelten routiniert auf dem Trapez des Sowohl-als-auch. Dem Schwarz-weiß der

Radikalität, wie er es einst gesagt hätte, hatte er ein Denken in Graustufen gegenübergestellt.

      Versuchte er sich selbst nun von außen wahrzunehmen, so meinte er feststellen zu können, dass er die Dinge zunehmend grundsätzlicher betrachtete. Er fragte sich mit einem Mal, was generell rechtens daran sein könne, ein Tier zu töten? Und wie begründet man wiederum die Tötung eines Menschen als Verbrechen? Kurz, aber heftig erschrak Winkler, der sich wie Kafkas Josef K. immer in einem   Rechtsstaat   wähnte, über den Gedanken, jemandem, der eine Mutter hatte wie er, der dieselbe Sprache sprach wie er, der meinte genauso das Bestmögliche zu tun wie er, ein Leid zuzufügen. Winkler hatte oft Kommentare über

      moralische   Verfehlungen

von Kommunalpolitikern geschrieben. Nur was würde er über einen Journalisten mit Messer und Gewehr schreiben? Über einen, dem vor Zorn die Nerven durchbrennen? Was wäre er anderes als ein Amokläufer und Terrorist?

Nein, er musste dieses Problem erst noch durchdenken, bis er zu dem Ergebnis kommen würde, etwas Notwendiges tun zu müssen. Ein Opfer zu erbringen für eine höhere Sache. Im Grunde, so begannen seine Überlegungen, sind bei der Geburt alle Wesen gleich. Sie entstammen einem Körper und wachsen in die Welt hinein. Ob Tier oder Mensch – alle Kreaturen müssen die Härten und Prüfungen des Lebens gleichermaßen auf sich nehmen. Doch manche verfügen über bessere Werkzeuge. Da der Mensch weder Krallen noch scharfe Zähne besitzt, hat er Waffen und Zäune erfunden. Mit diesen Instrumenten kann er Schwächere bedrohen, einsperren und erlegen. Sicherlich könnte er sich von Pflanzen ernähren. Es gibt Alternativen zum Töten, das er allein damit begründet, in irgendeiner Weise höher entwickelt zu sein. Für uns, dachte Winkler, ist die Sprache jene Eigenschaft, die wir als höherwertig und als Abgrenzungsmerkmal beschreiben. Aber was wäre, wenn wir in einer anderen Galaxie lebten? Nehmen wir an, Hasen wären dort die dominante und uns waffentechnisch überlegene Art. Und nehmen wir weiter an, die Hasen würden definieren, dass nur, wer dazu imstande wäre, sich so schnell wie sie fortzubewegen, ein Lebensrecht hätte – dann würden alle Menschen sterben müssen. Auf einem anderen Planeten könnten Vögel regieren und den Gesang als Eintrittskarte zu den Grundrechten festsetzen. Wie willkürlich erschien Winkler auf einmal diese Welt! Niemand, wirklich niemand, so dachte er, hat das Recht, Ungleichheit zu zementieren und, davon ausgehend, Berechtigungsscheine für eine Existenz auszustellen oder zu verweigern. Wie übel kamen ihm nun Menschenrechte vor, die ihm stets als moralischer Kompass dienten –

*

Nochmals und nochmals und nochmals kreisten diese Gedanken in seinem Kopf, die immer zu demselben Ergebnis führten: Winkler musste handeln. Nur wie und wo? Als Reporter war er geübt im Sammeln von Indizien. Zudem fühlte er sich als passionierter Krimileser kompetent. Ohne einen Plan zu haben, war ihm zumindest das Ziel klar. Es galt, einen der zahllosen Orte des Ursprungs von Qual und Leid zu zerstören. Um ein Zeichen zu setzen und zumindest ein paar armen Seelen ein Entkommen zu ermöglichen.

Es musste ein Schlachthaus sein, weil es die Endstation in einer langen Kette des Leids bildet. Winkler stellte sich einen Ort ohne Sonne vor. Eine Art Höhlengleichnis ohne Schatten und erst recht ohne Flammen, einen unvergleichlichen Ort jenseits aller verstellender Metaphorik. Obgleich er keine Worte für diesen Ort fand, traf er bald schon auf einen einzigen Begriff, einen Namen: „Fairfleisch". So stand es geschrieben auf dem Transporter, der vor Tagen an ihm vorbeigefahren war. Die Suche im Netz führte zu einem Konzern mit drei „Produktionsstandorten", wie es auf der Homepage des Konzerns stand. Alles klang so schön: Artgerechte Zucht von Kühen, Hühnern und Schweinen. Flankiert wurden diese Texte durch Bilder, die das Glück zeigten, in einer bäuerlichen   Landwirtschaft aufzuwachsen. Die Mitarbeiter schienen wirklich zufrieden. Ein Huhn lag in den Armen eines mit Latzhose gekleideten Endfünfzigers vor dem Hintergrund eines Rapsfeldes unter blauem Himmeln. Scrolte man weiter, sah man eine Frau, die ein   Schwein streichelte   oder   eine Arbeiterin, die, in die Kamera grinsend, eine Kuh molk. Das Leuchten des Bildschirms rief eine arkadische Kulisse hervor, die niemals von einem Sündenfall hätte überschattet werden können.

Oder doch? Natürlich durchschaute Winkler die trügerische Aufmachung. Er musste hinter den Vorhang dieses in der Tat famos inszenierten Welttheaters blicken. Nur wo war es zu finden? Wo konnte man einen dieser vermeintlich himmlischen Plätze des Friedens finden? Über den Kontakt-Reiter kam er nur zu allgemeinen Mailadressen. Und selbst wenn er die Adresse einer der Fabriken herausfinden würde – wie sollte er dort hineinkommen? Statt eines Journalisten, so schien es ihm, erforderte dieser noch ferne Bühnenraum einen Schauspieler –

*

Aktenseite 52

Auszug aus dem Protokoll zur Vernehmung des Zeugen K. durch Ermittler T.

T.: Wo haben Sie genau Ihren Transporter abgestellt?

K.: Wie immer direkt vor der sogenannten Rampe. Also vorne an der Pforte vorbei, dann am linken Hauptlager entlang. Seitlich sehen sie dann den Kühlturm mit Wasser. Zum Schluss muss man eben noch Umdrehen und das Fahrzeug steht zum Abladen bereit.

T.: War etwas anders am besagten Tag?

K.: Also anfangs nicht. Ich habe die Fracht abgeladen. Sprich: Die Ladefläche geöffnet und bin eine rauchen gegangen. Der Rest, also das Abladen, ist ja nicht mehr mein Bier.

T.: Also Sie waren rauchen. Wo waren Sie rauchen?

K.: Ja, auf dem großen Geländeplatz in der Mitte, wo jeder raucht … und man auch von der Scheiße in den Hallen nichts mitbekommt. Zumindest wir Fahrer wollen nicht so genau wissen, was da drinnen abgeht. Man hört genug.

T.: Und was geschah dann?

K.: Na das, was Ihnen wahrscheinlich schon jeder
hier erzählt hat: Der Feueralarm. Kurz: Sirenen, drehendes Rotlicht. Völkerwanderung
aus allen Ritzen. Man sah sich draußen um
und war halt verwundert, weil ja nichts war.
Auch die Bosse waren nicht da ... Bis eben
dann die Explosion bei den Mülltonnen war.
Da hats dann aber geklopft im Stübchen. Ich
also, wie die anderen, schnell zum Ausgang.

T.: Mit dem Autoschlüssel?

K.: Na ohne. Konnte ja nicht wissen, dass dann ...

T.: Haben Sie von draußen gesehen, was geschah?

K.: Ne, nur gehört. Und wo meine alte Tante mit
sechs Achsen gelandet ist, habe ich ja später gesehen.

Man erkannte die Moldau. Lieblich zog sie durch die Landschaft. Der Fluss aus Milch und Honig, der wohl direkt zu einer Wiese führte, auf der Mensch und Tier zufrieden beieinander liegen. So herrlich erklang es am Telefon. Nur die Trompeten von Jericho fehlten noch. Irgendwann endete dieser Traum einer Telefonschleife und Winkler landete erwartungsgemäß in der Presseabteilung. Bauch einziehen, Stimme tief, sicherer Stand. Gesten, die den nun nötigen Konjunktiv ausglichen. Er sei Journalist und würde Formenporträts für eine Lokalzeitung schreiben. Ganzseiter natürlich, Raum für gute Imagebilder, Raum für Nähe zur Leserschaft und generell gute Geschichten. Was die Leute lesen wollten. Gern etwas Idylle und Alpenrausch. Und man bräuchte dafür nicht einmal Kooperationen mit der Anzeigenabteilung. Das sei Service. Man müsste ja die Seiten füllen, gerade in Zeiten, in denen die positiven Stoffe knapper würden. So sei das. Ja. Man müsse fragen. Interesse müsse schon vorhanden sein. Allzu lange aber bitte nicht warten, die Seiten würden schnell anders vergeben. Ach, dann fragen wir direkt. Bitte warten sie einmal kurz. Man müsse nur schnell, man müsse nur schnell.

*

Aktenseite 9

Beweisstück: Chatprotoll

Faye20: Das mit der Waffe sollte kein Problem sein. Nur vom Postweg rate ich ab.

Fantomas07: Und wie komme ich dann an den Revolver?

Faye20: Wir vereinbaren einen Ort. Im Park oder so. Da werde ich ihn in eine Plastiktüte packen und in einen Mülleimer werfen.

Fantomas07: Sonntag? Vielleicht 13 Uhr in P.

Faye20: Das könnte passen. Wir werfen den Revolver früher ein. Wir werden Sie beobachten und erfahren es, wenn Sie etwas Krummes im Schilde führen. Also keine Polizei. Wir finden nämlich alle. Auch hier aus dem Darknet. Wie sehen Ihre Erfahrungen aus? Also mit Waffen.

Fantomas07: Keine.

Faye20: Schlecht. Es gibt in der Nähe der Bundesstraße eine altes Schützengelände, das seit Jahren nicht mehr genutzt wird. Da gibt es noch ein paar zerschossene Zielscheiben. Für Ihre Zwecke könnten sie aber noch genügen.

Fantomas07: Aber ich will ja eigentlich nicht schießen.

Faye20: Aber sie wollen doch eine Waffe.

Fantomas07: Eher als Drohkulisse. Ich hätte noch eine andere Frage.

Faye20: Ihnen zu Diensten.

Fantomas07: Ich bräuchte auch noch Sprengstoff.

Faye20: Wenn Sie davon keine Ahnung haben, lassen Sie die Finger davon. Das kann schnell nach hinten losgehen. Wofür soll es denn sein?

Fantomas07: Mülltonnen. Und vielleicht noch einen Gastank.

Faye20: Das klingt richtig nach Terror.

Fantomas07: Ist aber nachgeholte Gerechtigkeit.

Faye20: Würden die Gotteskrieger auch sagen. Hehe. Aber geschenkt. Wir fragen nicht nach den Motiven unserer Kunden. Wir liefern nur.

Fantomas07: Also haben Sie etwas?

Faye20: Ich gebe Ihnen einen anderen und vor allem günstigen Tipp: Molotow-Cocktail. Dafür gibt's Anleitungen im Netz. Seiten *en masse*.

Fantomas07: Das könnte eine Idee sein.

Als sich Winkler in der Mitte des modrigen Schießstandes befand, umgeben von teils moosbewachsenen Zielscheiben, kamen ihm die Videos aus den Ställen in den Kopf. Die Kamera, die sich ihren Weg durch die Dunkelheit bahnte und die gequälten Tiere in überhellem Licht einfing. Die Kamera hätte genauso gut ein Gewehr sein können, es stellte sich in den Videos noch ein Fadenkreuz vor. Der Täter: unsichtbar, die Opfer: ausgestellt. Nur den Drücker hätte man betätigen müssen, um einige der traurigsten Subjekte zu ‚erlösen‘. Und wieder dieses heilige Wort: Erlösen.

Winkler nahm den Revolver aus der Tasche, strich über das schimmernde Metall. Und dann zielte er auf die erste Scheibe. Er traf, wenn auch auf den Rand. Und er traf immer wieder. Beinah so, als hätte er nie etwas anderes getan. Winkler sah sich von außen, als Guerillakämpfer in einem zugewachsenen Dschungel. Ihm war bewusst, dass jede noch so mächtige Armee ins Straucheln gerät, wenn sie das Gelände nicht kennt oder überblicken kann. Winkler könnte also Siege davontragen, wenn er denn nur gut vorbereitet wäre. Was ihm eine gewisse Gelassenheit vermittelte, war sein Krebs. Selbst wenn er im Krieg – in dem sich die Menschheit zweifelsohne mit Tieren und Natur befand – getroffen würde, müsste er keinen allzu großen Verlust an Zeit verkraften. Sterben würde er ohnehin bald. Und zwar sehr bald. Während Winkler diese Projektionen vor dem inneren Auge vorbeirauschen ließ, musste er unzählige Male die Scheiben getroffen haben. Er prüfte es nicht nach. Er war sich sicher.

Ohne es bewusst gespürt zu haben, empfand er – die ganz Munition war aufgebraucht – eine tiefe Befriedigung. Er empfand das Wohl der Tat. Nach all den Reden, nach all den Bildern, bei denen Winkler anfangs noch tiefste

Ohnmacht empfand, sah er nun eine Möglichkeit, die Verhältnisse zu verändern. Mit einer Waffe in der Hand würden sie ihm schon zuhören, die Schlachter und Erfüllungsgehilfen des Todes. Was Winkler im Kleinen beginnen würde, könnte sich sodann zu einer Bewegung auswachsen. Kleine Partisanen könnten sich formieren, um nach und nach die Schlachtereien lahmzulegen und die Tiere aus den Ställen zu befreien. Mit der Waffe in der   Hand dachte Winkler an die Sklaven, die sich einst in den US-Staaten gegen ihre Unterdrücker zur Wehr setzten. So würde es hier auch beginnen. Eine Front für die Tiere würde sich zusammenfinden und die verkommene Menschheit auf den Pfad des Guten bringen. War Gewalt nicht schon immer eine notwendige   Voraussetzung für Fortschritt? Wären die Unterdrückten dieser Erde still geblieben, wären die überkommenen Machtsysteme nie unter Druck

geraten. Opfer hatte es immer gegeben, für die große Sache. Opfer machten die zukünftige Freiheit aller überhaupt erst möglich. So war   es immer gewesen.

Mit dem Revolver in der Hand wunderte sich Winkler nun darüber, dass er so lange geschwiegen, so lange einfach nur dem Lauf der Dinge zugesehen hatte, ohne selbst gegen die Fatalität des Daseins aufzubegehren. Dabei wäre es schon früher so einfach gewesen, mit diesem Revolver in der Hand.

*

War es davor oder danach, dass Winkler nahezu jede Nacht aus unruhigen Träumen erwachte? Und was war Davor und Danach? Träume schienen außerhalb einer zeitlichen Ordnung zu liegen. Manchmal erwiesen sich Träume Winklers Deutung zufolge auch als Zukunftsszenario. So schloss er die Augen und sah folgende Vision: Mit einem Kompass in der Hand lief er von der Wüste in eine Stadt. In ihren Straßen tobte es. Proteststräme bewegten sich auf ein ihm unbekanntes Ziel zu. Gleichzeitig zuckte die Nadel seines Navigationsgerätes wild hin und her. Mit Trommeln und Regenbogenfahnen, mit Plakaten, versehen mit grauenhaften Aufnahmen von der Jagd oder aus der Mast, zogen allen voran junge Demonstranten durch die Stadt. Vor einer Bühne ging ihm das Herz auf, jenes, das ihn ansonsten so sehr quälte, das unregelmäßig und oft viel zu schnell schlug, als würde es um jeden Tag, an dem es pochen dürfte, ringen. „Es kann nicht richtig sein, wenn die Mehrheit der Bürgerinnen und Bürger dieses Landes die jetzigen Zustände akzeptiert, liebe Freundinnen und Freunde", so begann die erste Rednerin. „Es kann nicht richtig sein, dass geborene Mitwesen ohne Betäubung kastriert oder geschreddert werden." Applaus. „Es kann nicht richtig sein, dass wir lebende Kreaturen, die gerade eben das Tageslicht erblickt haben – ich spreche natürlich von den Kälbern –, ihren Müttern wegnehmen und sie wie Müll entsorgen. Leute, schaut auf diese Bilder." Buhrufe und Applaus. „Das ist euer Werk, eine Schande für die Zivilisation, eine Schande, dass in unserem reichen Land Kinder und Babys verhungern und ersticken müssen, weil sie kein Geld einbringen. Wie viel Moral, liebe Politikerinnen und Politiker, liebe Konsumentinnen und Konsumenten, habt ihr überhaupt noch in euch? Wer gibt euch das Recht?" Tosender Applaus. „Wer gibt euch das recht? Wer?" Die Menge jubelte und Winkler fühlte sich so stark wie nie. Er dachte daran, die ganze Bewegung hier zu einen, sich zu ihrem geistigen Führer aufzuschwingen. Die Menge berauschte ihn, der so lange die Nüchternheit zum Prinzip erhoben hatte. Die Menge verabschiedete die soßige Mitte zugunsten einer Überzeugungskraft, die alle Menschen erfassend würde. Nie war sich Winkler so sicher in seinem Vorhaben und Denken wie hier. Was dann geschah, glich einem geradezu messianischen Aufbruch. Winkler schloss die Augen und fühlte, wie er loslief. Er war erhellt und die Menge teilte sich, als würde sie einen Lichtbringer empfangen. Generös hielt er die Hände nach oben, während er voranschritt. Begeistert und gefeiert für die von ihm angesteuerte Bühne. Winkler spürte den Applaus wie einen kühlen Regen, der allen Unrat forttrug. Um die tobende Menge zu beruhigen, ließ er, auf dem Podest angekommen, die Arme mit der flachen Hand nach unten sinken. Er beruhigte die Menge, weil er Heilung versprach. Am Mikrofon begann er seine Rede, flammend erhob er den Zeigefinger, wurde lauter und strahlte Entschlossenheit aus. „Wir haben die Pflicht, die Werte zu retten. Wir müssen die Entrechteten retten, um uns zu retten." Applaus. „Was ist Freiheit, frage ich euch? Und wo endet die eigene Freiheit? Tiere sind keine Waren, sie haben Empfindungen und bedürfen unseres Schutzes!" Applaus. „Und ich sage euch: Wer meint, die Moral sei das letzte, das uns von Schweinen, Kühen und anderen Mitwesen trennt, der irrt! Denn auch in unserer Gesellschaft gibt es Menschen, die zurecht im vollen Besitz ihrer Rechte sind, auch wenn sie selbst nicht dafür eintreten können." Applaus. „Sie sind die Schwachen, aber die Tiere sind es genauso. Nur dass sie noch keine Lobby haben. Wir müssen ihr Anwalt sein!" Tosender Applaus. Winkler wurde gefeiert. Wie in einem Taumel sah er zur Sonne und dann in die Menge, die sich erneut öffnete. Wie ein Meer, das innehielt und niemanden mehr verschlucken würde. Der Tod war für wenige Minuten gebannt, alle Stimmen übertönten seinen Schrecken. Winkler meinte zu schweben und öffnete die Augen, die er doch seiner Ansicht nach die ganze Zeit offen gehalten hatte. Er sah um sich und bemerkte die noch immer laute Menge. Er war Teil des richtigen Aufstands, er gehörte der Phalanx der Empörten an und ließ sich in eine neue Epoche treiben.

*

Stundenlang beobachtete Winkler in seinem Auto das Einfahrtstor zum Betriebsgelände, wo er gern mit seiner geballten Wut den Todestransport aufgehalten hätte. Sein Verstand zwang ihn nun zu Besonnenheit und Reife. Was er tat: Er notierte die Ein- und Ausfahrzeiten der Transporter, versuchte durch die Gitterstäbe hinweg einen Überblick über die Hölle hinter dem Eingang zu erhalten. Doch Winkler blieb nicht bei diesen konventionellen Methoden stehen, die an einen zweitklassigen Spionagethriller aus den 90er Jahren erinnern. Zu seiner Ausrüstung gehörte nun auch ein kleiner Monitor mit einigen Hebeln. Moderne Kriegstechnik nannte man das. Winkler steuerte eine Drohne. Zwar war sie nicht bewaffnet, was die Operation letztlich ziemlich erleichtert hätte. Denn dann wären nur wenige Knöpfe zu betätigen gewesen, und er hätte das Ziel, dieses architektonische Monstrum, zum Einsturz bringen können. Gleichwohl erfüllte sie ihren Zweck. Mit ihrer Hilfe konnte Winkler das gesamte Gelände überfliegen und sich eine Skizze anfertigen. Er brachte in Erfahrung, wo die Tanks waren, die seiner Meinung nach das Gas für die Energieversorgung enthielten. Er sah, wo die Arbeiter die Firmenhalle betraten und verließen und er konnte die Rampe ausfindig machen, wo die Schweine ‚abgeliefert‘ und ‚abgefertigt‘ wurden. Ein schwarzer Schacht zum Inferno. Endstation Hoffnungslosigkeit.

Er fragte sich, während er auf Basis der Aufnahmen eine Skizze erstellte, ob so wohl Gott auf die Welt sähe? Was würde er wahrnehmen? Und wäre er zufrieden mit dem, was aus seiner Schöpfung hervorging, nachdem er den Staffelstab an die Menschen abgegeben hatte? Und wie konnte dieser Gott all dieses Leiden nur schweigend hinnehmen, nachdem Adams und Evas Nachkommen alles zerstörten, was sie vorfanden? Wie kann ein Gott so schwache Herzen produzieren? Wie kann er Lebewesen auf die Welt kommen lassen, die nicht ein einziges Mal die Sonne erblicken? Vom Punkt der Drohne aus sah dieser Planet wie die Landschaft einer Modelleisenbahn aus. Was stört, ließe sich bequem umsetzen oder einfach entfernen. Ja, einen Tag Gott spielen, dürfte schon heilsame Kräfte freisetzen. So weit war Winkler indessen noch nicht. Das „Noch" stieß ihm dabei auf. Wie lange würde ihm wohl noch die Möglichkeit eingeräumt, auf der Welt zu sein? Sein Herzschlag glich oft einem Presslufthammer. Wo andere den Quell von Liebe und Zärtlichkeit vermuten, tobten bei Winkler Gezeiten der Gewalt. Stumpfes Pochen durchwuchtete seinen Körper, wie Steine, die man in einen Stahlschacht hinunterwarf.

Wenn er gestorben sein würde, so dachte er, würde er als Geist durch die Wolken fliegen und könnte all das Treiben da unten endlich mit Sanftmut begreifen. Vielleicht wäre er dann nachsichtiger, wäre weich und barmherzig. Der Menschen Taten würde er als der Menschen Fehler ansehen und sie allein deswegen nicht mehr als Gottes Stellvertreter erachten. Er würde ein anderer sein. Obwohl er nichts würde verändern können, wäre er wachsamer als in den vergangenen sechzig Jahre seines Lebens. Selbst Geister können nämlich urteilen, dachte er, vielleicht sogar klarer als all jene, die noch in den Fesseln ihres Körpers steckten.

Winkler hatte mittlerweile das Innere des Geländes erfasst, samt der Parkplätze und Wege der Angestellten. Er hatte notiert, was er sich so oder so ähnlich schon vor seinem inneren Auge ausgemalt hatte. Wenn er tatsächlich in diesen Komplex eindringen wollte, so müsste man sich diese Operation als einen Einbruch in Alcatraz vorstellen. No way. Auch die Seitentore, etwas zum Wald und Feldrand hin erschienen durch Streben und Zäune aus Metall mehr als gut gesichert. Es brauchte also eine zündende Idee –

*

Diese Optionen waren für Winkler denkbar: 1. Mit einer Waffe den Pförtner in Gewahrsam nehmen und mit ihm als Geisel alle Türen bis in die Chefetage öffnen. 2. Mit einem gigantischen Laster durch eines der Tore fahren und eine Bombe zünden. 3. Einen Tunnel graben und so bei Nacht auf das Gelände zu gelangen. 4. Einen Stromausfall provozieren. 5. Den Standortchef mit seinem Auto abfangen und entführen. 6. Die Familie des Standortchefs entführen. Alle Überlegungen klangen aus Sicht des Tierbefreiers so legitim wie realistisch. Aber führten sie auch zum Erfolg? Eine Bombe würde bedeuten, die Tiere auf dem Gelände als ‚Kollateral-schäden' mitzutöten. Erpressungen welcher Art auch immer bergen große Risiken. Was würde passieren, wenn niemand für eine oder für mehrere Personen eintreten würde? Und einen Tunnel zu graben, war doch erstens Hollywood und zweitens in seinem Zustand unmöglich. Sollte Winkler also schlichtweg noch mehr Thriller schauen oder viel bewusster Kriminalliteratur lesen?

Manchmal übersehen wir das Naheliegendste, grübelte Winkler. Diesen oder ähnliche Sätze hatte er oft in der Zeitung geschrieben, wenn Gemeinderatssitzungen sich bisweilen im Kreis drehten und Kommunalpolitiker mit Minderwertig-keitskomplexen unversehens auf Parteilinie pochten und somit Entscheidungen des gesunden Menschenverstands blockier-ten. Häufig lagen Lösungen auf dem Tisch und allzu häufig versuchten manche, einfach an ihnen vorbeizusehen. Wo war nun der Pragmatiker Winkler geblieben? Wurde er gänzlich verschluckt von diesem neuerdings überall an Moral, Ge-wissen und Verantwortung appellierenden Winkler? Hatte er verlernt, sich der Logik des Offensichtlichen zu bedienen? Ein heutiger Bankräuber forscht gar nicht nach, um Automaten zu leeren, er sprengt sie stattdessen, weil er es so gelernt hatte. Und Winkler? Er war trotz Ruhestandes noch immer Journa-list. Geübt im Recherchieren und geübt ... im Knüpfen von Kontakten, im Sammeln von Beweisen, im Vorstelligwerden. So war es. Winkler musste sich selbst spielen. Als Reporter, der einfach nur Neugier hat und an einer großen Story sitzt. Worte wie „kritisch", „bedenklich" oder „unseriös" durften darin nicht fallen. Das angemessene Vokabular wäre: „Innovativ", „am Tierwohl orientiert", „nachhaltig". So müsste er die Menschen oder Unmenschen auf dem Schlachtgelände für sich gewinnen, damit er ohne Bomben und Entführungen hineinspazieren konnte. Sobald er im Inneren des Komplexes wäre, würde er diesen verkommenen Organismus gleich einem Virus lahmlegen. Ohne sich mit den äußeren Gliedern zu befassen, die sich ohne große Motivation einfach am Körper befanden, würde er direkt im Epizentrum, dem Hirn, zuschlagen und so diesen ganzen buchstäblichen Blutkreislauf durchbrechen.

*

Als Winkler im Bewusstsein aufgebrochen war, mit hoher Wahrscheinlichkeit nicht mehr zurückzukehren, nahm er nur das Nötigste mit. Kleider, Proviant, Karten, seinen Laptop – und ein Buch. Es war eines, das schon lange in seinem Wohnzimmer herumlag. Zu verlockend, um es ins Regal zu stellen, zu schwer, um sich der Lektüre endlich zustellen. Auf seiner Reise sollte er sich endlich den Zeilen einer jungen britischen Schriftstellerin stellen, die sich bereits mit achtundzwanzig Jahren das Leben genommen hatte. Weder handelte es sich um einen klassischen Roman, noch um ein Tagebuch. Die fragmentarischen Notizen schienen vielmehr die Eindrücke eines

Tages zu vereinen. Eindrücke, die sich mit dem eigenen nahenden Tod, ausgelöst durch einen unerbittlichen Weltschmerz, auseinandersetzten. Lag er abends im Bett irgendeines gottverlassenen Provinzhotels, nahm er sich die Fibel zur Hand und blätterte darin herum:

Ich bin dem Himmel so nah, weil ich die Menschen verlor. Alle sind sie gegangen: Die Eltern, die Brüder, die Freunde. Wer weint um einsame Seelen? Wer weint um die verschenkte Zeit? Ich gebe sie zurück, weil mich das Zeitlose lockt. <u>*Das Endliche hinkt*</u> *<u>leise um die gelben Ecken. Das ist's –</u> <u>mein Ende... liebe im Stein, sinke im Buckel –</u>* <u>*hassend*</u> <u>*meines Lebens Glueck, das meine Kindheit ist*</u>.

*

Winkler zählte: die Menschen, die das Gelände verließen, und er zählte die Minuten. Sein Auto stand etwas abseits, sodass niemand sein Gesicht unmittelbar erkennen konnte. Wieder zählte Winkler, diesmal seine Herzschläge, seinen Puls. Und er zählte die Minuten, die er brauchen würde, um seinen Plan durchzuführen. Dann ging er alles, was er zuvor erledigt haben musste, wieder und wieder im Kopf durch. Seine gestohlenen Kennzeichen waren richtig angebracht. Seine Tasche enthielt die Waffen und den Sprengstoff. Zudem hatte er ein Messer an seinem Knöchel befestigt. Genau so, wie er es in Spionagefilmen gesehen hatte. Winkler überprüfte sein Kostüm. Den angeklebten Schnauzer, die Theaterschminke auf seinen Wangen, die ihn deutlich älter und damit harmloser aussehen ließ. Dann zählte er wieder, um sogleich nur erneut seine antrainierten Phrasen noch einmal aufzurufen. Seine Geschichte musste stimmig wirken, sein Auftreten professionell, aber nicht zu perfekt, verkörperte er doch einen in die Jahre gekommen Lokaljournalisten. Oder am Ende nur sich selbst? Den anderen Winkler, der hinter dem neu geborenen verschwand?

*

Winkler hatte es tatsächlich geschafft. Er war im Inneren der Fabrik, im Schmelztiegel des Sündenpfuhls angelangt, dort, wo die Entscheidungen über Leben und Tod automatisiert in Statistiken und Absatzzahlen übergingen. Angeführt vom Pressereferenten des Unternehmens durchlief Winkler

lange und   labyrinthische Flure:

geräuschlos und   austauschbar. Er tat bei all dem Gerede des Marketingmenschen über strategische Ziele, neue Standards

und Quartalszahle so, als würde er interessiert alles mitschreiben, dabei versuchte er sich nur, den Weg zu merken und einen Überblick über die Gänge, Treppen und den gesamten architektonischen Komplex zu erhalten, der ihm mit jedem Schritt unübersichtlicher erschien. Immer wieder warf er ungeduldig die Frage ein, wann man denn nun zum Leiter des Standorts gelangen würde. Der Beitrag müsse schließlich auch noch geschrieben werden u.s.w. Sie durchliefen gläserne Bürogänge, die allumfassende Transparenz signalisierten. Folgerichtig wurde daher mehrfach betont: „Wo   Fairness

        groß geschrieben wird, da muss sie auch für alle sichtbar sein. Hier regiert schließlich keine Mafia, haha, alles geht mit rechten Dingen zu." Und während man in verschiedenen am Korridor grenzenden Büros gebannt auf die Bildschirme mit Börsennachrichten und Balkendiagrammen starrte, wurden nur einige Meter weiter Halsschlagadern durchtrennt, Schweinekörper zersägt, Gliedmaßen zerhackt, Nacken verpackt.

In einer Halle erklärte man Winkler mit unübersehbarem Stolz die perfekte Logistik der ‚Abläufe'. Alles sei nach den Regeln einer perfekten Just-in-time-Produktion aufeinander abgestimmt. An überdimensionierten Fließbändern wurden aufgeschnittene Kadaver entlang unzähliger Kurven befördert. An keinem einzigen hing mehr Blut, als wollte man schon dadurch zeigen, dass die ‚Ware' – Winkler setzte im Kopf alles in Anführungsstriche – nie einen lebendigen Ursprung gehabt hätte. Fleisch und Wurst entstehen hier. Mit Tieren hatten die ‚Produkte' nichts mehr zu tun. Zum ersten Mal griff nun Winkler nach dem Revolver in seiner Tasche. Er zitterte. Er hielt ihn nur fest, vorbereitet für ein bald eintretendes ungleiches Duell, von dem nur er etwas wusste. Er war daher deutlich im Vorteil, selbst als ungeübter Schütze. Immer wieder ging er alles im Kopf durch: Wann er den   Kleinkaliber ziehen und was er dann sagen würde. Welchen

Gesichtsausdruck er aufsetzen sollte und welche Befehle er geben würde –

„Dann bringe ich Sie nun zu unserem Standortleiter, Herrn Dr. F." Diese Worte rissen Winkler endlich aus seiner Trance. Sie würden den Beginn vom Ende einleiten. Einen Moment blieb er aber noch wie versteinert stehen. War es nun doch   Angst,   die ihn überkam? Oder gar ein Ekel vor der eigenen Ruchlosigkeit? Beides ganz gewiss, wurde ihm klar. Aber wie stark kann seine Angst gegenüber jener ins Gewicht fallen, die sekündlich nur wenige Meter weiter, irgendwo hinter den weißen Metallwänden um sich greift? In den Schächten, wo die   Schweine weder rechts noch links etwas sehen konnten, wo sie schon das Blut ihrer Freunde rochen, wo sie schon auf der Todesrampe genau wussten, was mit ihnen geschah. Sie wurden vergast. Vergast, dachte sich Winkler. Vergast wie Vergessen. Vergast, sodass sie bei der Betäubung in einem Schacht ein grausames Erstickungsfühl überkam. Geschäftsmodell wie Geschichte, dachte Winkler. Wer nicht einschlafen wollte, musste leiden. Der. wurde. zerteilt, dachte Winkler.

*

Im Büro traf Winkler auf einen schneidigen Typen mit gegelten, grauen Haaren und einem billigen Anzug. Winkler erkannte rasch solche Modelle, weil er sie selbst besaß. Der

Mann stand hinter seinem Glasschreibtisch auf und empfing Winkler wie einen alten Freund. *Publicity* durch *Friendship*. Zum Händeschütteln noch ein Griff am Oberarm. Dann folgten die üblichen Floskeln. Ich hoffe, es hat Ihnen … Ein Glas Wasser vielleicht? Oder Kaffee? … Wir freuen uns außerordentlich, dass … Fleisch ist unser Leben … trotz Masse set-.. zen wir auf …

Winkler hörte kaum noch zu. Die Sätze. Glichen einem. Sich verdichtenden Nebel. Er wusste nicht, ob der Feuchtigkeitsfilm auf seiner Haut seinem Schweiß oder der zu hohen Luftfeuchtigkeit, die wohl nur er spürte, geschuldet war. Seine Hände wurden zittrig und umklammerten den Revolver in der Tasche. Er

gab ihm Halt. Er war die einzige Schusswaffe in einer Fabrik aus Messern und Klingen. Winkler sagte sich: Wenn ich ihn jetzt greife, dann wird er mich aufrichten. Und. So. War. Es. Dann. Auch. Winkler zog. Den Revolver. Und zielte unversehens auf den Firmenchef. Den Pressesprecher wies er an, sich zu diesem zu begeben. „Los jetzt, Schluss mit den Lügen, ihr miesen Schlachter". Er blickte in fassungslose Gesichter. „Los jetzt, oder soll ich euch erst in die Knie schießen? Ab in diese Ecke! Wo ist der Feueralarm?". Winkler hörte. Ein Gestammel, aber vor allem   nahm   er   seine eigene Stimme wahr. Sie wurde zum Raum, zur lauten Stimme eines Gottes des Zorns und der Rache. Winkler war Herr der Situation und doch ein Gehetzter seines selbst heraufbeschworenen Schicksals. Während er mit der.

Pistole. herumfuchtelte und die Männer. Irgendetwas Beschwichtigendes von sich gaben, schoss es Winkler in die linke untere Bauchregion. Er musste zusammenzucken. Sein Körper und sein Herz rebellierte   gegen sich selbst und die

          Umstände. In ihm führte die Zeit einen Krieg, den Winkler nur verlieren konnte. Es galt, so lange wie möglich die Stellung   an der Front zu halten. Wie in diesem zu sauberen Büro. „Wo ist der Feueralarm?", fragte Winkler erneut. Diesmal mit deutlich erhobener und zugleich schriller Stimme. Der Standortchef zeigte mit einer der erhobenen Hände auf einen roten Knopf. Des Telefons. Schritt Nummer 1: In Winklers Kopf: alles stilllegen und möglichst viele Angestellte aus dem Firmengebäude locken. Schritt Nummer 2: Die Tiere aus den Schächten und den schon auf dem Gelände befindlichen Transportern befreien. Regans „Ställe auf!" schoss ihm wie eine Kugel ins Bewusstsein. In seinem Körper zerbarsten die Gedanken, ein wild tobendes, bald explodierendes regierte. Winkler schlug mit der Pistole. Auf den Tisch. Und drückte. den Knopf. Sirenen zerrissen die Stille außerhalb des Büros. „Sie sind ja wahnsinnig!", hörte er noch von einem der beiden Männer. Oder gar von beiden? Von draußen vernahm er eilige Schritte, übertönt von wiederholden Warnsignalen.

*

Aktenseite 141

Aufnahme des Tatort Nr. 5., Beschreibung durch Ermittlungsbeamtin F.

Die Durchsuchung des Geländes im Radius von 1 km um das Fahrzeug herum führte zu folgenden Beobachtungen:

1. Es wurden bis zum Fluss U. menschliche Spuren entdeckt, die auf ein männliches Profil der Größe 42, Marke Adidas, hinwiesen.

2. Auf den Auenwiesen konnten insgesamt 120 Schweine unterschiedlichen Geschlechts und Alters gesichert werden. Die Schweine fraßen Gras oder schliefen in der Sonne. Zu bemerken ist, dass die Anzahl der Tiere den Angaben des Veterinärs G. zufolge deutlich über der für die auf dem Firmengelände befindlichen Fahrzeuge zulässigen Höchstladeanzahl gelegen habe.

Die Tiere wurden eingefangen und zu einer weiteren Untersuchung von Veterinären in Augenschein genommen. Über ihren Verbleib muss noch das zuständige Landratsamt entscheiden.

Winkler hatte sich geschworen, niemanden zu töten. Er wollte nie dieselben Mittel. wie jene Mörder nutzen, die er verachtete. Aber er wollte sie zu einem Mahnmal. entstellen. Er wollte, dass sie die Schrecken dieses Tages und besser noch: ihre scheußlichen Taten bereuen. Er wollte sie einen Teil des Schmerzes. ihrer unzähligen Opfer. spüren lassen. wie ein   Stier, der über seinen Torero triumphiert, aber im letzten Moment Gnade walten lässt, zerrte Winkler den Standortchef aus der Ecke, wies ihn mit seiner zittrigen Hand auf den Boden. Dieser kniete sich mittlerweile kindisch flehend nieder. Er habe Kinder … Er habe doch nichts Böses … Er sei doch offen für … u.s.w. Winkler hatte genug gehört und vor allem gesehen. „Schauen Sie", schrie er den Pressereferenten an. „Jetzt holt ihn das Schicksal ein." Winkler zielte auf das Knie des Dr. F. Und. Drückte. Ab. Kaum. Jemand. Dürfte. Den. Knall. Gehört. Haben. Zwischen. Den. Sirenen.

Ein gleißender Schrei fuhr durch das Büro.   Ein Stück Fleisch wand sich auf dem Boden, eines mit einem Mund und mit Haaren.   Es winselte.   Winkler sah nicht das Blut des   Standortbetreibers, er sah   das am Haken   zappelnde   Schwein.   Er hörte keinen Menschen. Er hörte das Heulen der bloßen Kreatur. Diese beklemmende Ähnlichkeit!   Alles zog sich in dieser. Sekunde zusammen. Monate des Leidens und der   Zweifel kulminierten in einem einzigen Augenblick.

*

Als sich Winkler wieder fasste, im Angesicht eines. Menschen, der soeben zum Krüppel. geworden war, bemerkte er, dass er mehr Zeit bräuchte. Dieser Schuss entsprach nämlich nur dem Prolog zu einem beispielmachenden Drama. „Binden Sie ihn fest. Na los!", brüllte er den Pressereferenten an. „Aber er ist doch verletzt", entgegnete dieser. „Sie können doch nicht …". „Verletzt?! Er wird es überleben. Ganz im Gegensatz zu jenen, die er auf dem Gewissen hat". „Los, anbinden. Wie Tiere. Das habt ihr doch gern." Winkler warf ihm Kabelbinder aus seiner Tasche hin. Nachdem der Standortchef, der Ohnmacht. Nahe war. Und. Am Tisch festgebunden wurde. Und wie ein Büßer kniete, stand dem Marketingchef ein ähnliches, wenn auch nicht. Ganz so tragisches Schicksal bevor. „Dich verschone ich", sagte Winkler, „aber anbinden muss ich dich trotzdem." Mit vorgehaltener Pistole fragte er ihn nun über die räumlichen Details der Firma aus. Wo die Anlieferungen stattfänden … Wie weit es noch zum Bereich sei, wo die Schweine aufgehängt würden … Da es Winkler ernst meinte, gab man ihm die Informationen. Zuletzt nahm er dem Firmenchef noch den Transponder und beiden die Mobiltelefone ab. Er versicherte sich noch einmal, dass er all das wirklich getan hatte. Geschossen, gefesselt. So als könnte er sich unter den eigenen Schmerzen nicht mehr. Selbst. Über den Weg trauen. Dann brach er auf, trotz stärker werdender Schmerzen in der Bauchgegend, und verschloss die Tür von außen. Durch das Fenster des Vorzimmers konnte er sehen, dass alles leer war. Eine Stille wie nach einer Apokalypse. Waren die Schweine   schon auf den Wiesen?   Und die Menschen verschwunden

durch eine Seuche, die sie selbst verursachten? Oder durch einen göttlichen Kometen? Wohl kaum. Winkler musste weiter, immer weiter. Durch Flure und die Treppen hinunter. Immer weiter. Wie ein Krebsgeschwür, dessen Metastasen alle Winkel des Firmengeländes durchzog.

*

Winkler rannte durch die grell-weißen Flure, die ihm enger als zuvor erschienen. Sein schmerzender Körper. trieb

ihn an, ihn, der mit der Pistole   jetzt der Herrscher über   diese Hölle   war. Ihm kam es vor, als hörte er Rufe, undefinierbare Laute. Von den Decken rann langsam Blut herab. Oder   war es nur das Rotlicht der   Warnanlagen? Er hatte, so meinte er, alle in die Flucht geschlagen. Nur konnte er selbst das Feld kaum noch   überschauen. Was wäre, wenn das Blut wie Wasser unter Deck eines sinkenden Schiffes anstiege? Winkler. Riss Bürotüren auf. Eine nach der anderen, auf der Suche nach dem Anfang des Laufbandes. Herz. Schweiß. Verstand. Pochen, Hasten. Dann die Erschöpfung.

Er musste innehalten, seine Augen   schließen,   um wach zu bleiben. Für die Schweine und das Zeichen, das es zu setzen galt. Nach vielen Minuten kam er in die Abfertigungshalle. Was ein schauerliches Bild abgab: die Kadaver, die an den Haken hingen. Alles war still, als hätte eine Giftbombe alles Leben ausgerottet und nur noch die tote Materie   zurückgelassen, als Zeugen einer Epoche, die sich selbst längst überlebt hatte. Winkler folgte der Spur und dachte an eine   Jenseitsreise. Nur trieb ihn die Hoffnung, am Ende all der schwebenden Körper vielleicht noch auf Überlebende zu stoßen, also Schweine, die man vergessen hatte im Schacht. Und so kam. Es auch. Winkler hörte einige Sauen, die sich noch hinter einer   Trennwand befanden. Wo er stand, erwartete sie sonst der Gehilfe der mechanischen Mordindustrie. Hier in der Nähe musste also die Einfuhr der Tiere stattfinden. In seiner Planung standen dort nun die Werksangehörigen, die sicherlich nicht mehr lange auf dem Hof blieben und an ihre Arbeitsplätze zurückkehren würden. Winkler suchte also nach einem Seitenausgang, um seinen Plan. Zu vollenden. Er kam zum vorletzten Schritt: die beiden Molotov-Cocktails. Nachdem er sie bereits während seiner Übungen   getestet hatte, müssten sie auch hier funktionieren. Mit ihnen würde er die Menschenmenge in Aufruhr versetzen.

*

Langsam öffnete er eine der Stahltüren und   erblickte

durch den Spalt weniger Menschen

als gedacht.   Es waren offenbar   mehr Prozesse

technisiert   als er angenommen hatte. Die Maschinen

hatten das Morden   übernommen, so-

dass   es keine Aufseher mehr brauchte.

Niemand   hatte mehr Blut an seinen Händen.

Winkler schloss die Tür, atmete noch einmal tief durch. Er
dachte an Heilung, er dachte an das Wort Heilung. Er dachte an Bedeutung. Er dachte an Kreisläufe mit Unterbrechung.
Er dachte an Umleitung. Er dachte an Gedanken als Ware.
Er dachte den Traum als Realität … Er atmete gegen seinen
Schmerz und für seinen Kopf. Herz, Pochen, Verstand, Gefühl. Blutstau,   koronar, Schuss, Adrenalin.

Er öffnete nun wieder. Die Tür, zündete den ersten Molotow-
cocktail an und warf ihn seitlich hinter die Mülltonnen, was
eine sofortige Explosion auslöste. Papier und Müllreste stoben
in die Luft, als würde sich die Erde befreien und all den Unrat,
den man in sie stopfte und presste, hinaus ins All schleudern.
Bedeutung verschleudern, Stau auflösen.   Den zweiten
Molotowcocktail. Warf Winkler auf ein Auto mit Firmenlogo.
Der erwünschte Effekt trat ein: Alle Mitarbeiter erschraken
und ergriffen panisch die Flucht. Winkler sah auf seine Uhr. Es
dürfte ihm kaum noch Zeit bleiben, bis Feuerwehr und Polizei eintreffen würden. Rasch stürzte er auf den Hof und hatte
einen mit Tieren   befüllten   Transporter   bemerkt.

Diese armen Kreaturen würde er die Freiheit schenken. Sein. Letzter Coup? Vielleicht nicht. Noch ließ ihn sein schmerzender Körper gewähren. Direkt vor dem Transporter sah er den Schacht, in den die Schweine mehr geprügelt als geführt wurden. In der Fahrerkabine steckte noch der Schlüssel. Also parkte Winkler so um, dass die Ausladerampe zum Schacht führte. Er musste sich kaum auf das Weitere vorbereiten. Denn die Perfidie jener Konstruktionen sorgte dafür, dass es zwischen der Rampe und dem engen Flur keinerlei Möglichkeit für die Vierbeiner zur Flucht gab. Er öffnete die Rampe und sah, wie, ohne sein Zutun, die panischen Schweine aus dem Schacht direkt in den Laderaum zurückflüchteten. Er konnte nicht hinsehen. Nicht in diese ausgemergelten Gesichter und geröteten Augen. Er schloss die Rampe, stieg ein, startete den Motor, sah auf das Feld seiner Verwüstung. Blutstau, Blutrausch, es tickte die Uhr.

Das Ende des Geländes schloss ein Zaun ab. Dahinter befand sich ein Feldweg. Winkler wusste, dass seine Tat zum jetzigen Zeitpunkt noch keine weltverändernden Effekte hervorgerufen hatte. Es war wahrscheinlich, dass man die Schweine, die er naiv aussetzen würde, sicherlich wieder fangen würde. Aber ohne ein funktionsfähiges Schlachthaus könnte man sie schwerlich ‚verwerten'. Zumindest galt diese Logik noch in der alten Welt, in der ‚Nahrungsmittel‘ noch regional ‚erzeugt‘ wurden, also in jener Welt, der Winkler entsprang und in der er sich kognitiv manchmal noch bewegte.

Wie dem auch sei: Die Fabrik musste nachhaltig geschädigt werden. Jetzt, nachdem er sich vergewissert hatte, dass sich niemand mehr auf dem Standort aufhielte, leitete er das Finale ein. Er ging zum Gasturm, hinterlegte dort einen selbst gebastelten Sprengstoff und zog über einige Meter hinweg eine Linie mit Sprengpulver. Es sollte eine Explosion sondergleichen geben, die sämtliche Spuren zerstören würde. Dann zündete er das Feuerzeug, zögerte aber noch einen Moment. Hatte er etwas vergessen? In seinem Bauch war ein Stechen, in seinem Kopf ein Strudel aus Gedanken und Emotionen, Euphorie und Zorn und ganz zuletzt eine Erinnerung: die beiden Angeschossenen im Chefbüro.

*

Winklers Herz überschlug sich auf weiter Flur. Es rannte über den Acker und die Wiese. Atemlos, haltlos, schneller als er selbst. Warum rannte es derart gehetzt um sein Leben, zumal es doch ohnehin bald aufhören würde? Winkler musste anhalten. Er spürte, wie sich sein Körper zusammenzog, gleich einem sich rollenden Igel. Nur war er hier, inmitten der grünen Weite, allen potenziellen Blicken seiner Verfolger ausgesetzt. Wahrscheinlich waren sie ihm schon dicht auf den Fersen. Spürhunde, Polizisten, die samstags auf die Jagd gingen und unter der Woche für Zucht und Ordnung im Unrechtsstaat sorgten. Sein Geist würde so gern über diesen Körper triumphieren, dessen morbide Reste gleichsam wie ein Symbol für diese verkommene und von Kapitalinteressen zerfressene Welt standen.

Unter sich nahm er die feuchte Erde wahr. Bald würde er selbst in sie übergehen. Von der Sonne in den Schatten, hinunter ins tiefe Nichts. Oder war dieser Übergang schlichtweg eine Rückkehr zum Ursprung der Natur? Zu dieser Ursuppe, die die Menschheit so selbstbewusst mit Asphalt trockenzulegen versuchte? Auf den Knien sitzend und heftig atmend griff Winkler in das Gras und schließlich in den Matsch. Er empfand Demut und einen kurzen Moment des Friedens. Aber die Zeit des Wurms war noch nicht gekommen. Er hastete weiter, immer weiter. Bis zu jenem Parkplatz am Rande eines unüberwachten Supermarktgeländes, auf dem er sein Auto abgestellt hatte. Er ließ den Motor an, atmete dreimal tief durch und fuhr los. Nicht nach Hause, das konnte es jetzt nicht mehr geben. Er fuhr gen Süden. Als ein Geläuterter, als ein anderer, als ein geächteter Retter.

*

Winklers letzte Wochen vollzogen sich als endlose Reise. Quer durch die Republik auf den Autobahnen und über

Landstraßen. Je länger man fuhr, desto vertrauter wurde einem der Lärm. Dieser unglaubliche Lärm, dieser alles Weh überdeckende Lärm. Oft fuhr er an Hallen längst durchindustrialisierter Höfe vorbei. Er sah die gigantischen Silotürme, umgeben von weitläufiger Verwilderung – Büsche als letztes Aufbegehren einer im Rückzug befindlichen Natur. Von oben müsste Deutschland wie ein Webteppich aus den immergleichen Quadraten aussehen. Kein Wunder, dass man hier keine Vögel oder Insekten mehr vernahm. Außer Tauben und Sperlingen hatten es kaum Arten geschafft, sich den widrigen Bedingungen anzupassen.

Auf manchen Rastplätzen sah er auf die letzten Auen, die sich zwischen den Dörfern erstreckten. Von hinten hörte er Verkehrsgeräusche, von vorne manchmal Stimmen und Gelächter aus den angrenzenden Siedlungen. Das Einzige, was in diesem dissonanten Chor fehlte, waren die Stimmen der Tiere. Die gab es Winklers Ansicht nach ohnehin allein noch in niedlichen Kinderbüchern. Man tippte auf die Bilder von Kühen und Schweinen und konnte elektronisch erzeugte Laute hören, die wohl den echten dieser Wesen nahekommen sollten. Wie sähe wohl eine Welt aus, die tatsächlich auf jenen Idyllen aus Bilderbüchern gründete? Mit lachenden Ferkeln und im satten Grün tollenden Lämmern?

Winkler fuhr auf einen Autobahnrastplatz und schloss die Augen. Er stellte sich ein Tal vor. Um in seine Tiefe zu gelangen, flog er zuerst über ein Gebirge. Ein Weg ins Ungewisse, der ihn in einen dichten Nebel führte. Wüsste man es nicht besser, hätte man dort den Himmel vermutet. Im Reich aus Wolken wären alle Wunden vergessen, dürfte sich der Körper auflösen, um in einem lauwarmen Dampf aufzugehen. Aber dann flog der Träumer weiter, angetrieben vom Gefühl, dass dies unmöglich das Ende sein könne. Er *setzte den Fuß in die Luft und sie trug.* Wo hatte er diese schönen Worte nur gelesen? Je weiter er flog, desto mehr verlor er an Sichtweite. Alles vor ihm war unmittelbarer Augenblick. Weder sah er seine Vergangenheit noch die Zukunft – bis langsam wieder ein anfangs fahles, dann kräftiger werdendes Licht durch die Wolken schlug. Und dann tat sich unter ihm ein Tal auf. Es war bewachsen mit sattem Grün. Kein Haus war zu sehen, kein Mensch zu hören. Stattdessen hörte er das Rauschen eines Flusses, sah bunte Vögel, die ihm gänzlich unbekannt waren, durch die Höhen gleiten, hörte vielfältiges Rascheln im Gebüsch, sah Affen, die von Baumkrone zu Baumkrone sprangen. Um dieses verwunschene Paradies zu schützen, hatte die Natur hohe Berge errichtet. Es sollte nie entdeckt werden. Seine Schönheit dürfte nie geteilt werden. Um die Gipfel des Gebirges herum wurde er mit einem Mal aufragender Holzwände gewahr. Zudem senkte sich ein weites Holzdach von oben herab. Trotzdem wurde es nicht dunkel. Jene kleine Welt der Imagination war nun mitsamt ihrer Sonne in einem Schatzkästchen aufbewahrt. Winkler sah, wie er sie in sein Jackett stecken und an seinem letzten Tag noch einmal öffnen würde. Er wollte zurückkommen und genau an diesem Ort sterben.

*

Aktenseite 68

Vorläufiger Arztbericht

Der Patient E. wurde mit einem Schuss, der das Kniegelenk zertrümmerte, in die Notaufnahme eingeliefert. Durch den zuvor vornüber liegenden Zustand, der infolge der Fesselung der Hände auf dem Rücken eingetreten sein musste, war ein hoher Blutverlust zu verzeichnen. Dieser hatte aufgrund der Vorerkrankung des Patienten als Bluter erhebliche Folgen für innere Organe. Der Patient war bei Einlieferung ins Krankenhaus nicht ansprechbar. MRT-Aufnahmen gaben eine Schädigung des vorderen Hirnlappens zu erkennen. Daraufhin wurde eine Notoperation eingeleitet, um den Patienten zu stabilisieren und Überlebenschancen zu sichern. Trotz dieser Maßnahmen und des sich anschließenden künstlichen Komas können keine zuverlässigen Prognosen über den weiteren Verlauf der Genesung erstellt werden.

Standortchef E. ist einen Tag nach der eingeleiteten Not-operation seinen Verletzungen erlegen. Er hinterlässt zwei klei-ne Kinder und eine schwangere Frau.

*

Winkler las in den Nachrichten von den ,Vorkommnissen' am Standort. Er war sich sicher, dass außer seiner Geruchsspur, der die Hunde durch die Auen gefolgt sein dürften, kaum verwert-bare Spuren von ihm vorlagen. Er hatte sich stark geschminkt, die Maskerade des Alters aufgezogen. Und bis man konkret seiner Identität habhaft werden würde, dürfte er längst im Nirwana sein. Unterdessen würde er mit jedem Tag freier und stärker – auch gegenüber dem Tod, des-sen ärgster Feind allein der Sinn war.

Wohin verschlug es nun den Kämpfer für die Entrechteten? Winkler hatte auf seiner langen Fahrt über die Autobahnen der Republik bisweilen den Überblick verloren. Er könnte längst in Bayern angekommen sein oder im südlichen Baden-Württem-berg. Obwohl ihm die Berge mit Schnee auf den Gipfeln ein Orientierungspunkt hätte sein können, schien ihm die Landschaft völlig fremd. Wäre er auf einem anderen Planeten gewesen, er hätte es kaum erkannt. Zu sehr war er während seiner Fluchtfahrt auf den Rückspiegel konzentriert. Er achtete penibel darauf, sich regelkonform zu verhalten, um so jedem Kontakt mit der Polizei aus dem Weg zu gehen. Verschiedene Identitäten waren dafür, wie er in Filmen gelernt hatte, unumgänglich. Fälschen und Verkleiden erwiesen sich als notwendiges Handwerk, auch um mit fingierten Dokumenten in Hotels einzuchecken. Was Winkler dabei in die Hände spielte: Er war ein Mann im höheren Alter, der nichts so sehr wie Betulichkeit und Seriosität ausstrahlte.

*

Aktenseite 76

Auswertung eines Chatprotokolls im Darknet, rekonstruiert aus dem Datenmaterial des im Zuge der Wohnungsdurchsuchung beschlagnahmten Computers

Die Auswertung mehrerer Chatseiten auf dem Computer des Verdächtigen führten zu illegalen Plattformen, auf denen gefälschte Passdokumente gehandelt wurden. Mittels eines Austauschs mit noch nicht identifizierten Quellen wollte W. an offizielle Stempelmarken und Marken kommen, womit ein Ausweis hätte produziert werden können. Wie Zahlungsnachweise und Kontobewegungen dokumentieren, hat W. dafür Summen im vierstelligen Bereich überwiesen. Chatprotokolle von einigen Wochen danach legen jedoch nahe, dass die entsprechende Bestellung nicht bei dem Verdächtigen angekommen sein dürfte. Ferner wurden keinerlei entsprechende Dokumente in der Wohnung festgestellt. Auch Gerätschaften zur Herstellung von Passpapieren wurden nicht festgestellt.

Winklers Träume reichten weit. Je mehr Anschläge ihm gelingen würden, desto mehr würde er einen Personenkult erschaffen. In der Tierrechtlerszene würde er, Fantomas der Entwürdigten, möglicherweise zu einer Heldenfigur avancieren. Und für die anderen? Sie würden in ihm nur den Mörder sehen. Sie strafen nur die Liquidierung menschlichen Lebens. Denn welcher Wert kommt schon einem Schwein oder einem Reh, gar einer Laborratte zu?

Wie sollten die Menschen all das auch wissen und ordnen können? Was die Monate der inneren Zerrüttung, der Verzweiflung und des schlussendlichen Aufbegehrens in Winkler beförderten, war die Einsicht in ein totales Systemversagen, eine über Jahrhunderte gewachsene Diktatur des Humanen. Im Rechtsstaat kamen Tiere abseits eines laschen Tierschutzgesetzes, das Töten aus „vernünftigen Gründen" (was sind vernünftige Gründe für eine Schlachtung, Hinrichtung etc.?) erlaubt, nicht vor. Für ihren Tod gab es keine Worte. Er wurde verschleiert durch Begriffe wie „Entnehmen" oder „Keulen". Für Tiere galt kein Widerstandsrecht, wie es all jenen Zweibeinern zusteht, die sich in einer Despotie wähnen. Ebenso wenig stand ihnen irgendeine Form von Partizipation in sogenannten demokratischen Strukturen zu. Damit das verkrustete und auf Abgrenzung errichtete Regime Bestand hat, wird es überdies in den Plänen der Bildungseinrichtungen verankert. Abseits von Objekten zur Sezierung im Biologieunterricht spielten Tiere für die meisten kaum eine Rolle. Erst recht nicht der ganze Diskurs um ihre dringend notwendige moralische Beachtung.

Andererseits: Wer konnte all das Leid übersehen? Wer konnte bei den jenen, die in den Fußgängerzonen die brutalen Aufnahmen aus den Mastfabriken zeigten, wegschauen oder die Bilder gar übersehen? Wer konnte nach derart grauenvollen Erweckungserlebnissen, wie sie Winkler hatte, noch linear denken? Wer verfügte noch über die Kompetenzen der kognitiven Abspaltung?

Auf dem Bett in einem Mittelklassehotel in einer mittelmäßigen Stadt drehten sich Winklers Gedanken unterhalb eines alten Deckenventilators wieder einmal im Kreis. Er hatte sowohl die Uhrzeit als auch den Namen des Ortes vergessen. War er überhaupt irgendwo außerhalb seiner selbst? Vielleicht in dem, was er las. Sätze wie ein Scheuern in der Mulde:

Fünf Tage liege ich im Verborgenen auf einer Matratze, angezapft wie ein Fass, die Jahre sickern in mein Kissen [...]. Haut hat keine Wurzeln, sie löst sich leicht ab wie Papier. Wenn ich grinse, spannen Stiche. Ich wachse rückwärts.

Wenn er in den vergangenen Wochen einmal nicht über An- und Gegenschläge nachdachte, spürte er die Sehnsucht nach einem Dasein auf einem Eiland, einem eremitischen und einsamen Leben. Der Gestrandete oder Wahlexilant würde nach der Natur leben, wie ein Mönch Beete angelegen und dürfte sich glücklich schätzen, weil er von dem Grauen der Zeit nichts mitbekäme. Die Geschichte von Robinson kam ihm in den Sinn. Er entwarf nach seiner Strandung im Nirgendwo einen Staat *en miniature*. Er baute ein Haus, betrieb Ackerbau und gründete mit Freitag eine Art Gesellschaft. Obgleich Daniel Defoes Roman alles andere als ein Bekenntnis zum umsichtigen Respekt gegenüber der Natur und dem Fremden war, verklärte ihn Winkler. Ehrlich gesagt: Er kannte die Geschichte nicht im Detail und damit auch nicht den ihr eingeschriebenen Kolonialismus. Dass Robinson Indigene unterwarf, um auf unbekanntem Terrain die Kopie einer weißen, westlichen und europäischen Gesellschaft zu erstellen, war dem Tagträumer nicht klar. Er genoss für einige Minuten oder Stunden diese kurze Möglichkeit, sich in die Projektion einer friedvollen Südseeutopie fallen zu lassen. Winkler schlief ein.

*

Das Schlagen gegen Gitterstäbe hatte Winkler geweckt. Er befand sich in einem grauen Raum, nicht größer als ein mittelprächtiges Schlafzimmer. Keine Bilder an den Wänden. Vor seinem Bett ein Waschbecken nebst Toilette. Neben ihm ein alter Holzschreibtisch mit Stuhl. Es gab nichts an diesem Ort, das an Individualität und Charakter denken ließ. Er war austauschbar und Winkler überdies nicht vertraut. Handelte es sich um ein Krankenhaus? Oder hatte man ihn möglicherweise doch im Hotel gefunden, betäubt und dann zum Verhör verschleppt? Möglicherweise gar in irgendein Gebirge, das derart abgelegen war, dass hier niemand so genau auf rechtsstaatliche Normen schauen würde? Winkler vernahm ein Stöhnen, dann Rufe, die nur im Ansatz noch an menschliche Laute erinnerten. Sie mussten aus anderen Zellen stammen, von Menschen, die auf ähnliche Weise aus ihrem Leben gerissen wurden.

Als er aufstehen wollte, bemerkte er Schnallen um seine Hände. Man hatte ihn tatsächlich festgebunden, ihn, der doch immer so harmlos wirkte. Vielleicht weil man hier wirklich in Kenntnis all seiner Grenzüberschreitungen war. Also nicht nur von seinem ersten Anschlag auf den Schlachthof, sondern gleichsam von den Feldzügen gegen die Jäger und nicht zuletzt seine Befreiungsaktion der Tiere in einem Labor wusste. Viele Tiere, die den meisten seiner Artgenossen nur als minderwertig erschienen waren, hatte er gerettet. Es war ein Fest der ausgleichenden Gerechtigkeit und die manifeste Tilgung eines berstenden Unrechts. Winkler musste der Staatsfeind Nr. 1 sein, weswegen man ihn hierher verbrachte. Was würde auf diese Verurteilung zum Vergessenwerden noch folgen? Vernehmungen mit Waterboarding? Elektroschocks in die Weichteile? Abu Graib, wusste er, lag nicht weit zurück. Guantanamo war schon lange Mitten in der zivilisierten Gesellschaft angekommen.

Während sich Winkler den Verhörraum ausmalte, sich vorstellte, mit schwarzem Tuch über dem Kopf von der Decke zu hängen, wurde er durch den sich drehenden Schlüssel an der Zellentür jäh aus seinen Gedanken gerissen. Natürlich sah der Inhaftierte seine Befürchtungen bestätigt. Statt einem Mann in blauer Justizvollzugsuniform erschien ein soldatisch anmutender Scherge in kakifarbener Montur mit Springerstiefeln. Er verkörperte eine durch und durch zwielichtige Gestalt, der man nachts und eigentlich am besten nie über den Weg laufen möchte. „Es wird Zeit", sagte der Helfershelfer des Teufels zu seinem Gefangenen, als er ihm die Fessel losmachte. Einen Moment lang kam Winkler durch den Kopf, seinen Gegner nun gezielt in den Schwitzkasten zu nehmen und nach dessen Ohnmacht mithilfe von dessen Schlüsselbund aus der Anstalt zu fliehen. Dann ließ er den Gedanken wieder fallen wie einen leeren Revolver. Er war bereit, sich seinem Schicksal zu stellen und für seine Taten einzustehen, mit Stolz und gerader Haltung. Winkler wurde am Arm durch graue Flure geführt, vorbei an unzähligen Zellen, in die man keinerlei Einsicht erhielt. Wenn schon sein Trakt so unermesslich groß ausfiel, wie gigantisch müsste dann erst diese von aller Welt abgeschnittene Anstalt sein? Es kam ihm so vor, als würde der Korridor enger und als würde er allmählich auf ein Mäuseloch zulaufen. Immer näher kamen sie einer geöffneten Tür, hinter der allerdings – das konnte er schon von Weitem sehen – ein gänzlich finsterer Raum wartete.

*

Aufzeichnungen der Literatur in der Wohnung des Beschuldigten

„Essen, die große Lüge des Jahrhunderts", „Im falschen Staat. Warum die BRD nur eine Besatzungszone ist", „Das Einmaleins der Schusswaffen", „Der Journalismus und seine Tugenden", „Illuminaten und Freimaurer. Über die versteckten Herrscher der Welt", „Theorie der Tierrechte", „Tierethik. Eine Einführung", „Rufe, Appelle, Widerstand. Manifeste der Menschheitsgeschichte", „Das wird man doch noch sagen dürfen. Das Ende der Meinungsfreiheit", „Von Poe bis Christie. Lexikon der Kriminalliteratur", „Fünf vor Zwölf. Zahlen und Statistiken zum Klimawandel", „Demokratiedämmerung. Lob des Autoritären", „Wo ist das Bernsteinzimmer? Verschwörungsmythen der Geschichte", „Aufgehängt. Die Wahrheit hinter Guantanamo", „Der Staat und die Kirche. Verschwisterung der Ungleichen", „Agonie des Wissens. Journalismus zwischen Abwiegeln und Verleugnung", „Der Sturm auf das Kapitol. Trumps Macht", „Der Trumpismus. Grundlagen einer neuen Weltsicht", „Auf den Müll

der Geschichte oder der Aufstieg der Rechts-
nationalen", „Protest. Einer Ermutigung", „auf
die Spitze getrieben. Warum wir Radikalität neu
definieren müssen"

Abseits dieser Schriften fanden sich zahlreiche
Kriminalromane im Bestand des Beschuldigten.
Von einer Aufzählung der Einzeltitel wurde ab-
gesehen.

Winkler war im Abseits aufgewacht. Um sein Bett herum lagen Landkarten mit Markierungen. Sie wiesen Hochsitze in einem süddeutschen Revier auf, die er nicht nur durch Internetrecherche ausfindig

gemacht hatte. Er verfügte inzwischen über ein reichhaltiges Wissen zur Jagd, weil er sich im Netz bei verschiedenen Jagdvereinen angemeldet hatte. Vor allem die Foren gaben ihm einen Einblick in Denken und Handwerk der Waidmänner. Was ihn bei all den Fachgesprächen über Fluchtverhalten bestimmter Arten, gute und schlechte Munition und

Fachsimpeleien zum Anlocken von Wild, zur „Kirrung" wie es in der Jägersprache hieß, am meisten verwunderte, war das Selbstverständnis der aus seiner Sicht Schießwütigen, definierten sich doch viele von ihnen als Naturfreunde und allen voran als Tierschützer. Wer würde ein krankes Geschöpf im Wald erlösen, wenn nicht der Jäger? Und wer würde sonst – etwa durch extensiven Fuchsabschuss – dafür sorgen, dass überhaupt noch Bodenbrüter in unseren Gefilden anzutreffen seien, wenn nicht die Jäger? Und überdies: Ohne die Wohltaten der Forstwächter würden Rehe im Winter verhungern. Das Eigenlob kannte, wann immer Winkler mit Jägern online gesprochen hatte, keine Grenzen.

Woher hatte er die Landkarten und wie war er dort hingekommen, wo er war? Eben noch auf der Flucht, befand er sich nun in einem Hotelzimmer. Er erinnerte sich nicht mehr, wie er hier eincheckte, geschweige denn überhaupt ein Zimmer buchte. Dann schob er seine Vergesslichkeit auf seine Krankheit, stand auf und wunderte sich erneut über seine seltsame Wahrnehmung. Denn als er sich konkret die

Karten ansehen wollte, bemerkte er, dass sie nur handgemalt waren. Krakelig wie von einem Kind, das den Eltern den geheimen Weg zu einem Schatz aufzeichnete. Winkler musste sie in einer delirierenden Wunschvorstellung angefertigt haben, samt der erhofften Hochsitzpunkte, an denen man beispielsweise Fallen auslegen

könnte. Klar war: Wo auch immer sich Winkler gerade aufhielt, er müsste sich Ortskenntnisse verschaffen. Erstens, um sich auf ihrer Basis Fluchtwege zu erarbeiten, sollten ihm die Behörde auf die Spur gekommen sein, zweitens, um Näheres über die hiesigen Jagdgepflogenheiten in Erfahrung zu bringen.

*

Um nicht so rasch wiedererkannt zu werden, hielt Winkler es für sicherer, den Tag noch im Zimmer zu verbringen. Erst am Abend, wenn die Menschen vergessen hätten, wollte er sich nach draußen begeben. Hinein ins provinzielle Getümmel, wo man in der Regel mehr Wahrheiten auflesen konnte als in jedem Fremdenführer. Auf den Straßen herrschten schummrige Lichtverhältnisse. Nebel lag über dem

Ort, bei dem es sich aufgrund des niedrigen Lärmpegels wahrscheinlich am ehesten um ein Dorf handeln müsste. Winkler ging die Straße hinunter, trat in die Lichtkreise der Laternen, um sodann immer wieder im Schatten zu

verschwinden. Außer von Faltern, die nach dem hellsten Punkt der Lampen trachteten und hier und da todesmutig gegen das heiße Glas flogen, vernahm man kaum Geräusche. Winkler würde schon eine Einkehr finden. Jedes noch so heruntergerockte Kuhkaff am Ende der Welt besaß eine Kaschemme, in der sich der Wut und Zorn einer Woche aufstaute und entlud und wo so mancher redselig auf einen Thekenzuhörer wartete.

Und so kam es. Nach wenigen hundert Metern stand Winkler vor der Kneipe „Isch uff". Schon im Schaufenster sah er, dass die offenbar seit Generationen dort vor sich dahinvegetierenden Grünpflanzen wohl die einzigen Sauerstoffspender in dem Rauchertreff darstellten. Sei's drum. Winkler trat ein, spürte zu Beginn eine kurze Anspannung angesichts der misstrauischen Blicken. Als er sich aber freimütig

zu den Tresenbewohnern gesellte, wich die Fremde in ihm einer behaglichen Stimmung. Wenn es in dieser gottverlassenen Provinz einen Ort für Jäger gab, müsste er hier sein. Zwischen den angestaubten Gläsern standen kleine Schnitzfiguren, darunter ein Wolf und ein Mann mit Gewehr, an den Wänden hingen Stiche mit Jagdszenen. „Ein Bier und einen kurzen", rief Winkler der Kellnerin, die Brigitte heißen könnte, zu. Er sprach einfach. Es ging ihm darum, das Gefühl der Gemeinschaft zu bestätigen. Er müsste als einer von ‚ihnen' gelten.

„Wie läuft's so", fragte er den neben ihm vor seinem Pils hinqualmenden Typen in Handwerkerhose.

„Wie soll's schon laufen? Wenig los am Waldrand, hehe".

Immerhin Bäume und Natur, das klang genau nach dem favorisierten Ort.

„Ich rauche auch manchmal. Vor allem wenn's mir zuhause zu viel wird. Mit meiner Frau. Gezeter um Gezeter, nachdem die Kinder draußen sind. Jetzt habe ich es gepackt und bin mit dem WoMo auf Reise gegangen. Die Rente soll keine Hölle auf Erden werden."

Winkler log sich eine Biografie zusammen, fußend auf der Beobachtung eines letztlich gescheiterten Lebens. So eine Strategie sollte Nähe herstellen. Mache dich ein Stück weit mit deinem Gegenüber gemein, um an die erwünschten Informationen zu kommen, so lautete die alte Wahrheit des Lokaljournalisten.

„Verstehe. Ich war auch verheiratet. Zwei Kinder, beide weg, genauso wie die Frau. Die wohnt jetzt in der Stadt und ich habe das alte Elternhaus. Zum Glück. Aber Garten, das schaffe ich nicht. Für wen auch?"

„Klar, für wen auch. Wir haben unser ganzes Leben gearbeitet und sollen jetzt noch Hecken schneiden und Rasen mähen? Ohne mich ... Lieber hier und da mal auf Feste gehen. Das ist eher mein Ding. Gibt's hier sowas?"

„Ja, Schlachtfest am Wochenende. Ist aber eigentlich eher Wildtierbratwurst."

Winkler log wieder, mit krasser Unterdrückung seines Zorns: „Oh, genau mein Geschmack".

Zwar hatte er sein Gegenüber fast so weit, um an die für ihn relevanten Daten, Zeiten und Namen zu kommen, schließlich müsste es vor dem „Fest" ja eine entsprechend groß angelegte Jagd geben. Gleichwohl wollte er

nicht zu offensichtlich auf das Thema eingehen. Jede Nachfrage würde ihn später verdächtig erscheinen lassen. Und da es bis zum Wochenende, wie er am Wandkalender sah, noch drei Tage waren, könnte er getrost noch jemand anderes fragen.

Rechts von ihm stand ein Glas mit Bockwürsten. Es fiel ihm erst auf, als ein untersetzter Mann mit Daimler-Chrysler-Kappe vor dem Spielautomat aufstand und sich „eine im Brot", „mit viel Senf" bei der Kellnerin, die anscheinend doch nur „Grit" genannt wurde, abholte. Sei jetzt nur nicht du selbst, sagte er sich innerlich und sah sich weiter in dem wohnzimmergroßen Raum um. Nur Männer

verbrachten hier ihren Feierabend, Typen, aneinandergeklebt vom Wunsch, einfach nicht nachhause gehen zu müssen. Und wenn, dann entweder direkt in den Keller oder die Garage und bei gutem Wetter vielleicht noch an den Grill. An einem der drei Tische saßen vier Ältere, die würfelten. An einem anderen war ein glatzköpfiger Rentner mit tiefen Augenringen vor seinem Bierglas eingeschlafen. Im Radio sang Roland Kaiser von Südseeinseln.

*

Winkler hatte genug gesehen. Nicht erst in dieser Kaschemme, ebenso in seinem langen Journalistendasein hatte er genügend gescheiterte Träumer getroffen und genug vom Suff des Kulturpessimismus aufgesogen. Nur war er seit seiner Infizierung durch die Schreckensbilder beileibe auch kein Optimist mehr, wenn er denn überhaupt je zu dieser Spezies gehört hatte. Er unterschied sich von *denen* aber durch sein Handeln. Sein Werk zeugte von der Bereitschaft zur Tat, mit allen Konsequenzen, die ihm drohen könnten. Nur könnten ihm weder Haft noch irgendeine andere Strafe etwas anhaben. Bevor irgendein Urteil in der fernen Zukunft vollzogen werden würde, dürfte er das Zeitliche gesegnet haben. Winkler verließ die Kneipe und sog die kühle Nachtluft ein. Er atmete durch und fühlte sich frei. Frei von fremden Sorgen, frei von der zweifelsohne bereits eingeleiteten Verfolgung seiner Person. Diesen gottverlassenen Ort dürften nicht einmal mehr Streifenpolizisten anfahren. Was sollte hier auch schon passieren außer einer Wirtshausschlägerei? Und selbst dafür waren die meisten in Grits Laden schlichtweg zu fertig.

Winkler betrachtete einen Moment die Häuser der Straße. Nirgendwo brannte mehr Licht, nirgendwo sah mehr jemand fern. Er schloss die Augen, atmete noch einmal tief durch, als er hinter sich ein Geräusch vernahm. Er drehte sich um und sah im Schatten zunächst nur eine glimmende Zigarette

und dann einen jungen   Mann in einem umhangartigen, schwarzen Mantel. „Hält man nicht lange aus, da drinnen, was?", fragte er. „Wer sind Sie?". „Das müssten Sie doch wissen. Sie hatten mich gestern doch ‚Mo' genannt". Mo, dachte Winker. Wer war Mo? „Na der, der Sie auf ihr Zimmer brachte?". Das müsste die Lücke gewesen sein. „Oder wie, glauben Sie, haben Sie es ohnmächtig vom Auto ins Bett geschafft? … als Verfolgter". „Also kennen wir uns besser, als ich dachte", erwiderte Winkler ein wenig beängstigt über seinen offensichtlichen geistigen Zustand. „Sie wollten mehr über die Jagd wissen". „Ja, aber Sie waren nicht da drinnen, oder?". „Doch, schon lange vor ihnen". „Sie kennen die?" „Ich kenne jeden."

*

Auf einmal war Mo da.   Als Begleiter in der Einsamkeit, als Stütze für verloren gegangene Erinnerungen – und vielleicht sogar als Komplize in Winklers letztem Feldzug. Sicher hätte er ihn schon bei seinem Anschlag auf den Schlachthof gebrauchen können. Doch auch bei der Jagd und dem sich anschließenden finalen Akt konnte ihm der junge Mann behilflich sein. „Wie lange bist du schon in der Szene?", fragte Winkler seinen neuen Kompagnon auf dem nächtlichen Weg zum Hotel.

„Länger als du wahrscheinlich. Ich bin gut vernetzt mit vielen Aktivisten. Die Wagehalsigen sind mir am Nächsten, weil ich selbst ein Grenzgänger bin."

„Ich selbst war früher nicht so."

„Was bedeutet so? Mit Bomben und so?"Winkler erschrak. Woher konnte Mo von seinem Anschlag wissen? Er hatte ihm nichts davon erzählt. So klar war er durchaus noch im

Kopf, dass er sich daran erinnern würde.

Oder

handelte es sich bei der Kneipenbekanntschaft offenbar in

Wirklichkeit um einen Ermittler? Waren sie ihm schon inkognito auf den Fersen? Als Winkler so nachdachte und dabei sein Puls empfindlich anstieg – sein

Puls der Angst, um es genauer zu sagen – spürte er

in der Tasche sein

Messer. Er fühlte sich erinnert an die Szene im Chefbüro der Schlachterei. In diesem Augenblick hatte er sämtliche Macht auf sich vereint. Er trug die Waffe wie ein Zepter über der Welt bei sich.

Nun wiederholte sich diese Situation und Winkler würde keine Sekunde zu lange warten, um sich seine Freiheit zu sicher. So riss er mit einem Satz das inzwischen aufgeklappte

Messer aus dem Manteln, warf sich auf Mo und drückte dem niedergestreckten die Klinge an den Hals. „Sag die Wahrheit! Woher weißt du das mit dem Schlachthaus?"

„Du hast es mir gestern schon erzählt. Als ich dich im Delirium aufgegabelt habe."

„Warum hätte ich das tun sollen?"

„Na, weil du mir dankbar warst. Ich hatte dich doch vor der Polizei gerettet. Ohne mich säßest du heute hinter Gittern."

Obgleich Winkler ihm nicht das Gegenteil beweisen konnte, zumal ihm der gestrige Tag in der Tat entglitten war, konnte er seine noch anhaltende Skepsis nicht verhehlen.

„Wer sagt mir, dass du kein Schnüffler bist?"

„Niemand, aber wäre ich einer, hätte ich dich doch längst festgenommen. Spätestens jetzt – du liegst ja auf mir – wären von allen   Seiten Spezialeinheiten auf dich zugestürzt. Mann, denk doch mal logisch! Wir kämpfen auf derselben Seite. Gegen eine irrationale und empathielose Welt, eine Menschheit, die man schnellstens auslöschen müsste. Du denkst doch wie ich."

Winkler ließ langsam von ihm ab.

Dass in dieser für Mo bedrohlichen Lage wahrscheinlich bereits Scharfschützen auf ihn geschossen haben müssten, leuchtete ihm ein. Dennoch schien ihm weiterhin Vorsicht geboten.

„Also gut, dann komm mit. Lass uns den Plan für Samstag ausarbeiten."

„Samstag?"

„Du wirst es schon noch erfahren …"

*

Winkler, der in den vergangenen Wochen das Misstrauen er-
lernt hatte, musste nun wieder die Kunst des Vertrauens trai-
nieren. Zu einem guten Zweck, versteht sich. Denn jeder tote
Jäger wäre ein Mörder weniger. Doch diese Bereinigung der
sündhaften Ordnung musste gezielt vonstatten gehen. Winkler
musste überdies fit sein und nahm am Samstagmorgen gleich
eine   Dosis
                              Tabletten mehr. Kein
            schwaches Herz   sollte ihn an sei-
nem Vorhaben hindern. Nachdem er ursprünglich Fallen bei
den Hochsitzen aufstellen wollte, hatte er sich mit Mo dann
doch für einen Beschuss während der Treibjagd entschieden.
Bei einem weiteren Wirtshausbesuch hatte Winkler den
                              Startpunkt des Tötungskommandos aus-
findig machen können: Eine Lichtung unweit einer Heilquelle,
die ansonsten häufig von Touristen besucht wurde. Nun hielten Warnschilder die Menschen aus dem Wald zurück. Nur
Winkler und sein Gefährte – vielleicht auch Freund nach diesem Tag – hatten sich ihren Weg durch das Gebüsch gebahnt.
Sie wussten, welche Hochsitze von den Jägern nun genutzt
werden sollten und bezogen im uneinsehbaren

Dickicht Stellung. Sie warteten. Mit Geduld und lüsterner Rache, nein, mit dem Gefühl, einer notwendigen Gerechtigkeit endlich Geltung zu verschaffen.

Aktenseite 82

Protokoll zur Tatortsicherung im Wald zu D.

Tatort 1: Fußspuren vom Parkplatz von einer Person. Abdrücke weisen hin auf Sportschuh-profile der Größe 43, Marke A. Im fotografisch erfassten Gebüsch wurde eine Patronenhülse des Gewehrs Typ Y., Kaliber 5 mm festgestellt. Distanz zur erschossenen Person V.: 20 Meter.

Tatort 2: Zwischen Tatort 1 und Tatort 2 lassen sich dieselben Schuhprofile erkennen. Auch an Tatort 2 wurden dieselben Patronenhülsen, diesmal der Anzahl drei sichergestellt. Distanz zur erschossenen Person K.: 40 Meter.

Von Tatort 2 führt die Fußspur zum Parkplatz zurück. Hier konnten Reifenspuren der Marke M. festgestellt werden. Eine Verfolgung des Fahrzeuges mithilfe von Geruchsspuren bzw. Spürhunde blieb erfolglos.

Winkler hatte sich positioniert und das Gewehr direkt auf das Ende der Leiter zum Hochsitz gerichtet, sodass die getroffene Person zu Boden fallen müsste. Im Gebüsch, 30 Meter weiter, hatte er Mo platziert. Nun musste er warten, warten und zur richtigen Sekunde bereit sein. Er hatte es mittlerweile gelernt, das Warten. Eine weitaus längere Wartezeit stand ihm bevor. Die Krankheit zwang ihn zu verschiedenen Verhaltensweisen, auf die er gern während seiner mickrigen Rentenzeit verzichtet hätte. Neben körperlichen Einschränkungen führte sie nicht zuletzt zum Verlust seines Humors. Winkler konnte sich an kaum etwas mehr erfreuen, geschweige denn sich an etwas amüsieren. Früher hatte ihn diese Fähigkeit über manche Krisen hinweggeholfen. Nun hielt ihn vor allem eines aufrecht: Wut. Eine unsagbare Wut auf die Menschen, ihren Egoismus, ihre Ignoranz. Es war keine Wut, die sich final entladen konnte. Keine, die irgendeine Katharsis hervorzurufen imstande gewesen wäre, sondern eine, die sich unabwendbar im Kreis drehte. Genauer gesagt: in sich spiralförmig ansteigenden Umdrehungen, bar jeder Befriedigung. Lediglich sein Handeln um der Gerechtigkeit willen, wie Winkler selbst seine Taten verstand, verschafften ihm kurzfristig einen inneren Frieden. All diese Gedanken gingen Winkler aber aktuell nicht durch den Kopf. Sein Bewusstsein war im Wald nunmehr leer, allein ausgerichtet auf sein Ziel die Mörder zu Töten.

*

Winkler hatte sich die erste Zielperson – von mehreren, die es heute sein sollten – älter vorgestellt. Ein Waidmann um die sechzig, der ohne Gewehr niemals gegen ein großes Tier ankäme. Aber so war es nicht. Er erblickte einen Mann um die Dreißig, gekleidet in grüner Forstjacke mit Jägerhut. Um den Arm trug er seine Waffe und steuerte direkt den Hochsitz an. Winkler musste nur noch warten, bis er genau ins Fadenkreuz geklettert war. Mo hatte die Anweisung zu schießen, falls Winkler das Ziel verfehlen sollte. Was ihm unversehens einfiel: Trotz aller genauen Vorbereitung und Planung hatte er vergessen, die Waffe zu entsichern. Zweifelsohne würde man diesen Schritt hören. Aber ihm blieb keine Wahl. Als das Ziel an der besagten Stelle zu sehen war, entsicherte Winkler rasch das Gewehr und es trat ein, was er unbedingt vermeiden wollte. Der Jäger sah in Winklers Richtung. Beide schauten sich sodann für einige Sekunden in die Augen. Der im Fadenkreuz Erfasste erblickte mit Schrecken das Gesicht seines Mörders – vielleicht, dachte sich Winkler, wie auch ein Reh möglicherweise noch einmal in die Augen seines Richters blicken würde: Diffus, bang, Millisekunden vor dem letzten Schweißausbruch, dem Adrenalin, das nun gänzlich sinnlos in die Blutbahnen schießen würde.

Kamen Winkler Gewissensbisse? Nein. Er schoss, direkt in den Kopf. Der Mann fiel. Und im Wald war Stille. Eine namenlose Stille.

*

Winkler und Mo rannten in geduckter Haltung durch den Wald. Winkler wusste nicht, ob sie irgendjemand gesehen hatte. Ziel war ein weiterer Hochsitz. Dieser war allerdings leer. Die Schweine haben ihre Taktik geändert, dachte der Rächer der Tiere. Was allerdings sicher schien, weil es Mo ihm mit aller Gewissheit gesagt hatte, war der finale Coup an einer Lichtung. Dorthin sollte ‚das Wild‘ von einigen Jägern getrieben werden, um es dann durch die Schüsse mehrerer postierter Schützen zu erlegen.

Doch diese Rechnung hatte die Meute ohne Winkler und seinen Freund gemacht. Aus der Entfernung konnte er sie bereits ausmachen. Er dirigierte Mo mit vereinbarten, eingeübten Gesten. Beide brachten sich im Gebüsch, nur wenige Meter von ihren Zielobjekten entfernt, in Stellung. Winklers Herz schlug mit der Kraft aufeinanderfolgender Detonationen. Und jede brachte ihm den Tod ein Stück näher. Er zitterte und nahm weitere Tabletten ein, auch auf die Gefahr einer getrübten Wahrnehmung hin. Er atmete tief ein, lange aus, ein, aus. Einen Augenblick glaubte er, schummrig zu sehen. Dann erkannte er deutlich die Konturen von Mo im Nebel, den er vorher kaum bemerkt hatte. Mo war nun anscheinend doch direkt neben ihm. Hatte er ihm das so aufgegeben? Obwohl sie erst seit einigen Augenblicken in genau diesem Gebüsch verharrten, konnte sich Winkler nicht mehr seiner Anweisungen entsinnen. Doch er konnte jetzt nicht über seine Krankheit, gar über Traum und Wirklichkeit nachdenken. Dazu fehlte ihm die Zeit. Stattdessen musste er einen Auftrag erfüllen. Er musste töten, um weiteres Töten zu verhindern. Wenige für viele. Mit wackelnden Händen, die er sofort zu versteifen suchte, hielt er sein Gewehr nun auf die in Seelenruhe wartenden Jäger. Winklers Plan: Auf den ersten Zielen und dann mehrere Schüsse in der Bewegung absetzen. Dasselbe galt für Mo. Der Feind sollte sich unter Dauerbeschuss wähnen. Winkler zählte leise: Eins, zwei, drei. Dann drückte er ab. Ein Mann fiel. Und dann folgten die Schüsse wie ein Himmelfahrtskommando. Auf der Lichtung vermochte sich kaum einer wegzuducken. Manche krabbelten verletzt auf der Erde Richtung seichtes Unterholz. Andere wanden sich schmerzverkrampft auf der Wiese, noch nicht tot, aber auch nicht mehr lebendig. Es sollte ein Blutbad unter freiem Himmel werden. Die Schreie der Getroffenen schallten laut und verzerrt in den Wald hinein. Kein Tier wäre auf die Idee gekommen wäre, sich in diese Todeszone zu begeben.

Als Winkler das Feld voller Rauch sah und vereinzeltes Stöhnen vernahm, leitete er die Fluchtaktion ein. Er warf zwei Salven Tränengas in die Mitte und macht sich mit Mo eilig und geduckt auf den Weg zum Auto. Die Leidenden zu erlösen oder gar sein Werk zu beenden, kam ihm nicht in den Sinn. Er wünschte sich, dass die Feinde auf eine ähnlich jämmerliche Weise verreckten, wie die häufig nur angeschossenen oder bisweilen tagelang in Fallen verendenden Tiere. Er wollte in keine falschen Augen sehen, er wollte jeder Gelegenheit entgehen, doch noch Mitgefühl mit diesen Unmenschen zu verspüren. Er wollte sie erbärmlich leiden lassen, er wollte sie den hungrigen Ratten ausliefern.

*

Kaum im Auto angekommen, fuhren die beiden Kämpfer direkt auf die Autobahn gen Süden. Bis man seitens der Behörden des   Massakers gewahr werden würde, sollten Winkler und
Mo längst über alle Berge sein.
Oder um es genauer zu sagen: Das finale Projekt stand ihnen bevor. Ein Endschlag, der alles Bisherige in den Schatten stellen sollte. Es sollte das ultimative Ereignis werden.

*

Auf der Reise bemerkte Winkler immer wieder dieses Licht in der Dämmerung. Die letzten Strahlen über der Landschaft, die bald in ein mildes Rot sinken würde. Ganz so, als gäbe es für einige Minuten einen kaum mehr begreiflichen Frieden. Ganz so, als würde all der Lärm der Zeit in ein leises Aufatmen übergehen, um sodann hinter den Auen zu verhauchen. Winkler wünschte sich, wenn sie in derartigen Momenten eine Fahrpause einlegten, einfach nur Zeit. Er wünschte dann, dass ihm nicht auch noch die Mörder seine ohnehin knappe Zeit stehlen würden. Er wünschte sich noch mehr, dass einfach die gesamte Menschheit sterben und der Planet damit zur Ruhe finden würde.

Während er noch Mo auf dem Beifahrersitz schlafen zu sehen glaubte, ging er auf einem entlegenen Rastplatz über die Wiese, er streift die Pusteblumen, die ihren Samen in eine traurige Welt verstreuten, er roch am Klatschmohn und sah den Bienen zu, den letzten ihrer Art, dachte Winkler. Sie erwiesen sich als die letzte Generation, ohne es selbst zu wissen, dachte Winkler weiter. Dann schloss er die Augen und stellte sich Kühe in diesem satten Grün vor. Und dann noch Schweine und einige Hühner. Er stellte sich einen Bauernhof vor, den es so nie gab. Dort durften die Tiere einfach nur leben und die Zeit genießen, bis sie auf natürliche Weise starben. Ja, das wünschte er sich.

*

Wie lange darf man über sein eigenes Handeln nachdenken? Noch dazu, wenn man es mit einer solchen Entschlossenheit wie Winkler vorantrieb. Wie viel Zweifel verträgt die Selbstgewissheit?   Diese   Fragen   kamen Winkler auf, als er aus dem Fenster eines Landgasthofes schaute und dort Menschen sah, die in einem großen Gehege mit Hühnern spielten. Weniger der Umstand,

dass Hühner   spielen,   hatte   Winkler überrascht, davon hatte er bereits gelesen. Nein, für ihn war dieses Gesamtbild neu. Um nicht zu sagen: irritierend. Diesen Begriff nutzte genau in diesem Augenblick Mo.

„Was meinst du, Winkler, wenn alle Käfige abgeschafft wären? Würde dann noch irgendein Hahn nach dem Menschen krähen? Du verstehst das Bild, oder?"

„Natürlich. Aber wir verfolgen doch dasselbe Ziel, oder?"

„Schon, aber ich frage mich eben, wie eine Welt nach unserer Utopie wirklich aussähe."

Winkler dachte nach, vielleicht ein wenig zu lange für seine sonstige Entschiedenheit. Was geschähe wirklich, wenn man alle Tiere freilassen würde? Außer Hunden und Katzen würden kaum Lebewesen in menschlicher Nähe bleiben. Warum sollte eine Kuh auch ihr Kalb abgeben oder ein Schwein sich für die Schlachtbank entscheiden?

„Naja", sagte Winkler vorsichtig, „es gäbe wohl keine Beziehungen mehr zwischen uns und anderen Spezies". „Auch keine guten mehr", stellte Mo nochmals verstärkend heraus. „Ja, auch keine guten".   Je länger Winkler die Hühner und ihre Spielgefährten beobachtete, desto klarer wurde ihm, dass nicht jede Interaktion von Gewalt durchdrungen war.   Sichtlich erfreuten sich die Vögel an ihrer Abwechslung, bevor sie wieder zu ihrem rituellen Picken, Gaggern und Scharren übergingen. Wie konnte das sein in diesem Inferno, in dem sich Winkler als letzter Guerilla wähnte?

„Ich denke, Mo, alles könnte auch anders sein, wenn sich die Menschheit auf einen echten Respekt verständigen und ihn auch leben würden."

„Meint?"

„Für mich ist durchaus denkbar, dass wir beispielsweise die Eier von Hühnern konsumieren, wenn wir sie dafür versorgen, ihnen großen Lebensraum gewähren und sie schlussendlich am Leben lassen würden. Unter Umständen könnten wir auch einen Teil der Kuhmilch trinken. Auch hier wieder im Tausch für ein gutes Dasein und ein voll umfängliches Existenzrecht."

„Und Schweine? Und Puten? Und Kaninchen?"

„Die natürlich nicht. Fleisch gäbe es auch in dieser Vision nicht."

„Sondern? Kooperation, Zusammenarbeit?"

„Ja sowas."

Veganismus schien demnach nicht die einzige Option. Aber Winkler schob dieses soeben ersonnene Modell rasch wieder beiseite. Seine Mission sollte nicht durch Zweifel infrage gestellt werden. Mut erforderte Radikalität. Radikales Neudenken, eben ganz von der Wurzel her.

„Was meinst du Mo", fragte Winkler nach Minuten des Schweigens seines Gegenübers. „Ich denke gar nicht so viel." Mo zwinkerte mit einem Auge und ergänzte: „Unser Plan steht fest und du bist der Chef unserer kleinen Truppe. Alles passiert in deinem Kopf."

*

Alles sollte in Winklers   Kopf
passieren.

                    Nur das. Böse konnte

          er nicht   bekämpfen.   Zu-
mindest nicht ausreichend.   Das. Gute
würde nur

                    triumphieren, wenn   die

                                        Menschheit
ausgelöscht wäre.

          Da war er sich sicher.

*

Die Reise, die ja nichts anderes als eine Flucht auf Dauer be-
deutete, führte Winkler und Mo vor allem durch ländliche Ge-
genden. Städte mussten vermieden werden, um nicht Gefahr
zu laufen, bei einer der engmaschigen Kontrollen durch Über-
wachungskameras und ein erhöhtes Polizeiaufkommen entdeckt zu werden. Weite Felder und kleinere Wälder gehörten
daher zu den üblichen Szenerien, die Winkler streifte. Sein
Blick war vom Starren durch die Fenster *so müde geworden, dass
er nichts mehr hielt.* Alles schien in dieser schrecklichen Welt zu
einer grauen Masse aus Silos, verrammelten Ställen und Mono-
kulturen verkommen zu sein. Zur Erlösung konnte man ihr
nicht mehr verhelfen. Einzig das Prinzip der Störung stellte für

ihn die letzte Möglichkeit dar, kleine, regionale Wendepunkte zu evozieren. Oft war Winkler während dieser zähflüssigen Fahrten unter zähflüssigen Hitzewolken dem Schlaf nahe. Bisweilen erinnerte er sich noch an seinen Beifahrer Mo, sah zu ihm rüber und wurde von dessen Spastik wieder aufgeweckt. An einem dieser vermeintlich hoffnungslosen Sommernachmittage wurde ihm jedoch klar, dass Mos Zuckungen, die ihm ohnehin erst seit Kurzem auffielen, diesmal nicht willkürlicher Natur waren. Vielmehr macht er Winkler auf etwas aufmerksam. „Schau", stotterte er, „Ziegen und Hühner".

Winkler sah tatsächlich ein munteres Treiben auf einer Weide nahe der ansonsten beinah irreal leeren Landstraße. Er hielt an, stieg aus und näherte sich den freien Tieren. In der Sonne lagen Kühe, zwischen Schlaf und Wiederkäuen pendelnd, Hühner scharrten zufrieden in der Erde und junge Ziegen rangen um den Euter ihrer Mutter, die wiederum entspannt Weizenhalme auf der Zunge herumwendete. Nirgendwo waren Menschen zu sehen, was Winkler zu der Frage bewog: Träumte er? Zu Realitätsprüfung drehte er sich zu Mo um. Er saß sicher im Wagen und kam nun selbst zu der irreal anmutenden Begebenheit. So müsste wohl der perfekte Planet aussehen, dachte Winkler. Seiner Überzeugung nach durfte man Tiere nur streicheln, wenn sie selbst es wollten. Die Weidebewohner blieben indessen ungerührt von dem Besuch zweier Männer auf der Reise ins Ungewisse. Sie lebten den Tag, als gäbe es keine Zeit, keine Schlachtzeit. Es gab nur dies: Winde, die vorüberzogen, Wolken über einem tiefen Blau, das Zirpen der Grillen, Bienen, ja, wirklich Bienen in der Luft und das Singen der Lerchen. Winkler wäre gern an diesem Ort geblieben, hätte sein krankes Herz doch nur endlich seine Ruhe gefunden. Hier würde er gern sterben, dachte er sich – ein Gedanke, der dem einst und noch vor wenigen Wochen so sorglosen Städter kaum in den Sinn gekommen wäre. Das Schöne dieses Moments bestand eben in seiner Vergessenheit. Die Welt schaute nicht hierher, sondern war mit der dauernden Verstärkung ihres selbst erzeugten Lärms beschäftigt. Sie war mit Essen und Trinken, mit Zahlen und Statistiken beschäftigt, vor allem aber mit Wegsehen.

Komm in den totgesagten park und schau:
Der schimmer ferner lächelnder gestade
Der reinen wolken unverhofftes blau
Erhellt die weiher und die bunten pfade.

Diese Verse gingen ihm durch den Kopf. Wo hatte er sie nur gelesen? So zauberhaft Winkler diese Vollendung erschien, so wenig ließ sie sich in sein inzwischen fest gefügtes Bild von einem *totgesagten* Dasein einordnen, das nur noch einer Hölle glich. Zum ersten Mal nach dieser Epiphanie schienen ihm die Bilder von weggeworfenen Kälbern, geschredderten Küken und in die Tötungsschächte geprügelten Schweinen weit weg.

Unversehens tat er, wozu er schon so lange Lust hatte und was er früher nie getan hätte: er ließ sich von Mo eine Zigarette geben. Der blaue Rauch erfüllte seine Lunge, wie die Luft eines fremden Planeten. Er wollte nie wieder Sauerstoff in sich aufnehmen, weil er ihn nicht mit Menschen teilen wollte, die anderen Lebewesen das Existenzrecht absprachen. Winkler wäre gern ein Vogel über dieser Weide gewesen. Er würde sie einfach beobachten und ab und an überfliegen, sich die Eicheln vom angrenzenden Wald mit den Eichhörnchen teilen. Er würde endlich ihre Sprache beherrschen, dazu imstande sein, einmal mehr über deren Gefühle zu erfahren. Über welches Wissen verfügten die Tiere wirklich und wie malen sie sich die Zukunft aus? Oder erwies sich ihre Zukunft letztlich nur als eine bloße Konstruktion der Menschen?

*

Winkler hatte Zeichen gesetzt und mittlerweile ein breites Medienecho erzeugt. In Zeitungen, im Rundfunk und Fernsehen wurde von den Taten berichtet, derweil der Täter trotz einiger Spuren, so die Ermittler, noch immer unbekannt sei. Oder war das alles nur ein Traum? Gab es dieses Phantom und dessen Ruhm vor allem in seinem Kopf? Aber Stimmen aus einem technischen Apparat wie dem Radio konnte er sich doch nicht einbilden, zumal sich ja auch sein wichtigster Zeuge, Mo, immer in seiner Nähe befand. Genau genommen, gab es seit dessen Eintreten in Winklers Leben kaum mehr einen privaten Rückzugsort für den ehemaligen Journalisten. Wie ein Alter Ego, ja wie sein Schatten war sein Kompagnon Teil seines persönlichen Daseins geworden. Fast schon kam es Winkler so vor, als würde Mo bisweilen seine Gedanken lesen. Mo wie Morpheus, Herr über alles Unbewusste, König der Nacht.

*

Spätestens seit dem Anschlag auf die Jäger war Winkler klar, dass man ihn nun als einen Serientäter, ja vielleicht sogar als einen Terroristen klassifizieren würde. Rächer der Tiere wurde er genannt. Damit einher ging sein Ruf als Menschenverächter. Er sei ein Beispiel für sich radikalisierende Kräfte in einer Gesellschaft, die sich den Kommentatoren zufolge ihrer Demokratie und Rechtstaatlichkeit wegen nicht erpressen lassen dürften. Politiker sprachen von „härteren Strafen" und „entschlossenem Vorgehen", von der „Null-Toleranz für Intoleranz". Man überschlug sich in rhetorischen Aburteilungen, bekundete Solidarität mit den Opfern. Natürlich nur mit den menschlichen, von den Tieren redete niemand.

Im Raum stand somit die Befürchtung, das Phantom könnte Nachahmer und Trittbrettfahrer hervorrufen. Von der Hand zu weisen war diese Angst nicht, zumal der schonungslose Aggressor in den sozialen Medien von manchen. Tierbefreiungsbewegungen geradezu gefeiert wurde. Und auch die Zurückhaltung der eher gemäßigteren Organisationen, die sich bezeichnenderweise nicht distanzierten, sprach. Bände. Öffnet die Käfige, las man nun vielerorts. Öffnet sie, damit nicht noch weiteres Blut vergossen wird. Nachdem man lange Jahre über einzelne Veränderungen im Biosektor, einige Zentimeter mehr für dieses oder jenes armselige Geschöpf debattiert hatte, Kükenschreddern. Verbot, um nur sogleich neue rechtliche Schlupflöcher zuzulassen, spitzte sich der Diskurs nun sichtlich zu. Man war nun entweder *für* Tierhaltung oder *dagegen*.

Wider Erwarten und erstaunlicherweise kamen die zunächst medialen Gefechte nicht zum Erliegen. Als wäre durch Winklers. Anschläge ein Blitz in die. Köpfe der verschlafenen. Menschen gefahren, fanden sie sich bald schon auf vereinzelten Straßenaufmärschen und sogar in gewaltsamen Auseinandersetzungen wieder. Einige trugen auf ihrem Shirt das Emblem eines brennenden Siloturms, als Zeichen der Solidarität mit dem von ihnen auserkorenen Helden. Winklers Traum, auf einer Bühne zu stehen und von der Menge in den Himmel gehoben zu werden, er hätte in diesen Tagen real werden können. Und doch war er sich darüber im Klaren, dass er inkognito bleiben müsste. Nur so könnte der Erfolg seiner letzten großen Operation gewährleistet werden.

*

Das kranke Herz schmerzte, es japste unter den Folgen der Krankheit, die sich in jede Zelle fraß. Manchmal fragte sich Winkler jedoch, ob inzwischen nicht sein Weltschmerz den physischen überdeckte. Was tat mehr weh? Das Leiden der Schutzlosen oder das eigene, das einzig und allein auf eine Ungnade der Biologie zurückging? Und wie viel menschliches Leid musste Winkler noch verursachen, um die menschliche Barbarei zu beenden? Heilung, er wünschte sich nichts mehr als Heilung. Heilung von der täglich aufziehenden Nacht, Heilung von den Bildern aus den Schlachthöfen, Heilung von der verkehrten Logik einer schmerz- und mitleidslosen Gesellschaft, Heilung von den Gedanken in seinem Kopf, die ihm den Schlaf und die Zukunft raubten. Heilung von allen Widersprüchen, Heilung von einer sorglos zugebrachten Vergangenheit, die er bereute.

Allerdings gab es für nichts von alledem eine Spritze. Es blieb nur der immerwährende Leidenszustand, von dem zumindest er, Winkler, sich mit seinem nahenden Tod bald befreit sehen dürfte. Und dann? Wer würde seinen Platz einnehmen? Wer würde sich selbst für die Mahnung opfern? Oder würde nach seinem Tod endlich die erlösende Revolution, der Umsturz der alten Verhältnisse erfolgen?

*

Chatprotokoll

Fantomas07: Hallo, sind Sie da?

Ich bräuchte Nachschub.

Faye20?

Diesmal noch mehr.

Faye20: Hallo, Fantomas07. Hätte nicht gedacht, dass wir nochmals schreiben. Böse Buben mit Waffen sind selten lang draußen.

Fantomas07: Ich habe Glück oder einen kühlen Kopf. Vielleicht weil ich nichts zu verlieren habe.

Faye20: Worum geht's Ihnen denn, wenn ich fragen darf? Normalerweise tue ich das ja nicht bei Kunden. Alles anonym, hehe.

Fantomas07: Um die Herstellung einer anderen Ordnung.

Faye20: Daran haben sich ja schon viele die Zähne ausgebissen.

Fantomas07: Ja, es ist auch irgendwie verdrießlich. Aber ohne Widerstand erlahmt das System. Oder es ist schon erlahmt, diese sogenannte Demokratie. Man muss die Leute aus ihrem Schlaf aufrütteln. Vor allem dann, wenn es um die Rettung von Leben geht.

Faye20: Glauben Sie mir – als Waffendealer wird man Relativist. Ich sehe nur, dass ein Totalitarismus den anderen verdrängt. Und wenn man den dann noch Utopie nennt, finden es viele anfangs gut. Aber das Neue und Gute – das sind Begriffe für Schulaufsätze. Aber ich schwätze zu viel. Was brauchen Sie?

Fantomas07: So ganz genau weiß ich das nicht. Ich brauche etwas, um Türen aufzusprengen und um einen starken, sich schnell ausbreitenden Brand zu entfachen.

Faye20: Ohne Spuren oder klassisch?

Fantomas07: Was ist der Unterschied?

Faye20: Naja, das eine ist schwerer zurückzuverfolgen. Aber das Klassische ist bewährt. Also Dynamit und TNT.

Fantomas07: Klassisch passt zu mir. In jeder Hinsicht.

Faye20: Das dachte ich mir. Sie tragen bestimmt Anzug und so. Patemäßig, hehe

Fantomas07: Nein, ich bin alt und eigentlich ein Fossil aus dem analogen Zeitalter. Also gut, dann Dynamit für ca. fünf Türen und TNT-Sprengstoff mit Zeitzünder. Liefern Sie es diesmal an ein Schließfach. Und deponieren Sie den Schlüssel in einem Blumenbeet. Nähere Infos schicke ich Ihnen verschlüsselt.

Faye20: Ist gut.

Fantomas07: Dann Ihnen alles Gute. Wir werden nicht mehr voneinander hören. Und wenn doch, werde ich wahrscheinlich längst tot sein.

Faye20: Das hoffe ich nicht. Aber war mir eine Freude.

Tagelange beobachtete Winkler den Gebäudekomplex mit dem Fernglas oder aus der Nähe. Er studierte die Ein- und Ausgänge sowie die Transportfahrzeuge. Und ganz besonders behielt er den Pförtner im Auge. Mal las er Zeitung, mal schien er sich die Zeit mit einem Computerspiel zu vertreiben. Worauf er – zu Winklers Glück – hingegen am wenigsten achtete, waren die tatsächlichen Bediensteten, die an ihm vorübergingen. Unmöglich konnte er sich all die Gesichter merken, erst recht nicht, nachdem er kaum das geringste Interesse an ihnen zeigte. Daher stand für Winkler schnell fest, dass er sich vornehmlich um einen Ausweis für die elektronische Kontrolle kümmern müsste. Fälschen wäre keine Option gewesen, da er über keine Vorlage verfügte. Es blieb ihm also nur der Diebstahl. Doch wie sollte dieser unbemerkt bleiben, wenn der entsprechende Besitzer schon am nächsten Tag selbst wieder die Firma betreten wollte. Es war also ein größeres Vorspiel nötig, eine Überwältigung und zeitweise Festsetzung der Person. Winkler widerstrebte nach eigener Auffassung jedwede (ungerechtfertigte!) Gewalt. Heißt: Gewalt gegen Unschuldige. Aber auch in diesem Fall galt für ihn die letztlich banale Rechnung: Um die Gewalt gegen viele zu verhindern, erwies sich die Gewalt gegen wenige als notwendiges Übel.

Dazu folgte er seiner Intuition. Er dachte, dass es leichter sein müsste, eine Frau jungen Alters als einen unberechenbaren, männlichen Haudegen zu überfallen. Und so fand sich an diesem Tag, genauer in den frühen

Abendstunden ein geeignetes Zufallsopfer. Wie ein lausiger Vergewaltiger lauerte er einer Angestellten auf ihrem Heimweg   auf. Nach einem Schlag auf dem Hinterkopf zog er sie ins. Gebüsch und dann ins Auto. Mo. Lotste er zu einer versteckten Lichtung, fesselte die langsam Erwachende – und sah in ihren Augen ungebändigte Furcht, Augen, wie er sie von Schweinen und Rindern vor der Schlachtung kannte.

„Kein Angst, ich tue Ihnen nichts. Aber ich brauche Informationen."

„Welche Informationen? Ich weiß nichts Geheimes? Ich bin eine normale Frau mit einem normalen Leben und Beruf."

„Eben darum. Sie sind strukturnormal".

„Strukturnomal", plapperte Mo lachend nach. Sie wiederum schrie panisch: „Was wollen Sie?",Wo geht es zu den Affen und den anderen Tieren?"

Intuitiv packte Winkler sein Opfer am Hals, wobei er unwillkürlich über sich selbst erschrak. Über sich, diesen einst so harmlosen Lokalreporter, in dem eine Bestie geweckt worden war. Ja, ein Monster war er geworden und er hatte keinerlei Unbehagen mehr deswegen. Was war diese Existenzweise schon anderes als der dauerhaft unbefriedigte Wunsch nach Vergeltung und Ausgleich? Mithin: Was trennte sein Handeln noch von der urteilenden Macht der Gerechtigkeit, eine ohnehin allein menschliche Konstruktion?

„Ich weiß nicht, ich … Ich arbeite doch im Büro. Ich habe mit alledem nichts am Hut. Und wer sind Sie?"

„Das tut nichts zur Sache. Vom Haupteingang, wie komme ich da zu dem Tiertrakt?"

Winkler sprach, als hätte er ein Messer in der Hand, mit dem man noch den letzten Blutstropfen aus dem Schlachttier herausquetschen konnte. Es war daher nicht überraschend, dass die Panik der Frau in einen. Überlebenswillen umschlug und sie bald schon recht detaillierte Angaben machen konnte.

Wann waren die wenigsten Personen im Gebäude? Wo befanden sich die Energie- und Heizungsanlagen? Gab es einen Sicherheitsdienst? Letzterer kam offenbar nur auf Anruf, sodass sich Winkler bei seinem bevorstehenden Vorhaben etwas Zeit lassen konnte. Während Mo, so sein Plan, die Tiere aus den Käfigen befreite und die verschiedenen Schleusen mithilfe des Ausweises öffnen sollte, könnte er die Sprengstoffladung samt Zeitzünder befestigen und starten.

Ging es Winkler um die Menschenaffen? Sowieso! Um die Katzen und Ratten? Selbstredend. aber vor allem ging es ihm um das ultimative Symbol, um die große Katharsis, das für alle epiphanische Spektakel. Das der Festung des Leids ein Ende bereiten sollte. Mögen viele noch am *Für* und *Wider*.

Von Tierrechten in der Landwirtschaft zweifeln und bisweilen gar die Jagd als deren geeignete Alternative ansehen (zumal ja die Opfer vor ihrer Tötung ein angenehmes Leben gehabt haben sollen), verhielt sich die Sache bei einem Tierversuchslabor anders. Hier waren die Sympathien in der Bevölkerung eindeutig. Winkler glaubte bei diesem Anschlag, eine breite Mehrheit hinter sich zu wissen. Seine letzte Tat sollte keine punktuelle sein, sie sollte den Beginn einer Revolution markieren.

*

Winkler war sich sicher, dass Mo etwas gesagt hatte. Er hätte schwören können, Mo hätte wieder seine Gedanken gelesen. Hier in diesem Bett in diesem. Hotelzimmer, wo in der Nacht vor der finalen Tat und vielleicht nur wenige Wochen vor seinem Tod alles austauschbar schien. Er drehte sich zum Bett von Mo, sah aber nur einen Deckenberg. Dass er dessen Stimme vernahm, musste ein. Trug der Dunkelheit und des Zirpens der Grillen gewesen sein.

Winkler dachte noch einmal an die schönen Momente seines Lebens zurück. Er erinnerte sich an sein Volontariat, an die Freude über die sich anschließende Festanstellung, er erinnerte sich an seinen jugendlichen Enthusiasmus bei jeder Lokalreportage, an seine damaligen Kommentare zu Gemeinderatssitzungen, die er mit dem Impetus eines *Spiegel*-Kolumnisten schrieb. Und dann war da seine Hochzeit, seine ewige Liebe zu einer Frau, die zu früh vom Tod fortgerissen wurde. Winkler dachte an vergnügte Kneipenabende im Winter, und Boulespiele mit Freunden im Sommer, an Grillfeste und Urlaube auf grünen Inseln. Die Worte „Sei nicht so nostalgisch", die er sich offenbar erneut vonseiten seines Gefährten einbildete, weckten ihn aus seinem Wachtraum. Ein. Zweites Mal   sah   er   hinüber und für einen Moment glaubte er, dort überhaupt niemanden liegen zu sehen. Winkler war sich sicher: Dieser Zweifel zeigte seine Müdigkeit, weshalb er die Augen schloss und entschwand.

*

Am Morgen
            Reste einer Erinnerung, umgeben   von No-
tizen:
        Mo als Befreier und Mo als
                    Aufpasser, Mo als Sprengmeister,
                        Mo wartend
            im Fluchtwagen.
Vor Winklers innerem
                Auge zirkulierten die Pläne, von denen ja
nur einer der richtige, der brillante sein konnte.
                Wo war das
    Genie des Phantoms abgedriftet? Lag es. Noch in Morpheus'
Armen? Und wer war dann aktuell wach?

*

Aktenseite 166

Fundstück am Tatort Nr. 2, Waldlichtung Z.:
Plan zu einer Tatausführung:

„Mo hält Wache am Südtor.

Ich trage Handwerkerkleidung mit Handwerkerkasten

Eintritt mit geklautem Ausweis in das Labor

Sonnenbrille aufsetzen

[unlesbar]

Öffnen der Schleusen

Manipulation des Schließmechanismus, sodass
die Türen offen bleiben

Im Zentrum: Öffnen der Kleintierkäfige, hinaus-
treiben zur drittletzten Schleuse, damit niemand etwas am Ausgang bemerkt, u.s.w.

Abfrage bei Mo, ob alles ok

[unlesbar]

Befreiung der Affen

Befestigung des Zeitzünders

Deponieren des [unlesbar]

Scharfstellen auf 5 Minuten

Warten hinter der vierten Schleuse, 2 Minuten

Öffnen der restlichen Schleusen, Flucht, ggf.
schaltet Mo Pförtner aus

Sieg!

Winkler rannte um sein Leben – und um seinen finalen Ruhm. Es waren die letzten Schritte auf das Podest einer Ikone, die er nun durch die   sterilen   Flure schaffen musste, entlang einiger verirrter Ratten, die er in der Eile noch zum Umkehren bewegen wollte. Vor ihm, dem keuchend   das   schwache Herz den Atem nahm, hörte er die Rufe der befreiten Affen, die plangemäß. Vor der letzten Schleuse warteten. Winkler nahm deren Rufen wie ein Anfeuern an. Wie Laute in einem viel zu schnell erzählten Film. Voller überflüssiger Schwenks und zahlloser Schnitte. Hinter ihm tickte im Zentrallabor die Sprengladung, vor ihm lag die freie Welt, die die meisten Gefangenen dieser Todesanstalt, wie er das Gebäude bezeichnen würde, noch nie gesehen haben dürften. Vor ihnen lag ein Raum der Farben und   Gerüche, ein. Ort mit endlosem Himmel. Wie fühlt sich Wind an? Wie schmeckt das Gras? Was bedeutet es, auf. Erde statt. Auf Metallstreben zu gehen und zu tollen? All   dies ging Winkler in dem langen, ja endlos anmutenden Korridor durch den Kopf, währenddessen der Lärm der Alarmanlage jeden Gedanken an die Idylle konterkarierte.

Winkler wusste, dass es nun bald vorbei sein, dass sein letzter Coup in wenigen Minuten vollbracht sein würde. Affen würden durch die Straßen laufen wie die Verkünder einer neuen Epoche. Sie würden die Mülltonnen, diese. Ausgeburten menschlicher Verschwendungssucht, umstürzen, sie würden in die Geschäfte stürmen und Obst klauen, das allen gehört. Die Ratten und Mäuse würden die Gärten befallen und sich des Gemüses annehmen, aus Hunger nach Leben und aus

Rache gleichermaßen.

Nur was würde Winkler,

dessen Werk offenbar der Sicherheitsdienst schon identifiziert hatte, hinter der letzten Tür erwarten? Würde man ihn direkt erschießen oder bliebe noch genügend Zeit, um zu Mo in den Fluchtwagen zu steigen?

Auf seinem Rückweg erschien ihm die Strecke durch den Korridor immer länger. Die zu einer Pforte angewachsene Tür schien ihm in die Ferne entrückt. Mehrfach schloss er die Augen und hörte sein Herz rasen. Nichts als das Pochen seines Herzens hörte er noch. Gleich den Trompeten von Jerichow, die alle Mauern zum Einsturz bringen sollten. Dann öffnete er wieder die Augen, aber die letzte Schleuse, diese eine letzte Schleuse lag noch fern. Oder bewegte er sich einfach nicht? So wie ein Hamster im Laufrad?

Dann blieb er stehen, nur für einen Augenblick. Er hörte Schüsse, unmögliche Schüsse, weil weder ein Mensch hinter noch vor ihm war. Schüsse aus einem Western oder einem Spionagethriller. Schüsse wie aus einem Fernseher. Er hörte auffliegende Vögel. All dies war nicht realistisch, zumal er sich

in einem völlig   denaturierten Raum befand. All dies könnte nur das

                                    beginnende Deli-

rium eines

                        Körpers im Angesicht des

nahenden Todes sein. Im Wissen um den inneren Trug rannte er nun wieder los. In großen Schritten und mit allerletzter
Energie, um dann zwischen den befreiten Tieren, die hoch-
achtungsvoll und. Dankbar. Zur. Seite wichen, die letzte Tür
zu öffnen.

*

Nie zuvor hatte die Sonne heller gestrahlt. Nie war es für einen
Augenblick seines Lebens so still gewesen, wie in jenem Moment, als die Tiere mit ihm die weite Welt betraten. Ja, für
wenige Sekunden erschien ihm der Kosmos um ihn herum ab-
solut frei und klar und hell. Winkler fühlte sich losgelöst, aber
zugleich auch haltlos. Er hatte alles vergessen: Wie er hierher
gekommen war, wie all die Tiere vor seinen Augen in die Straßen stürmten.

Sie stellten die die lange ersehnte Riege der Aufbegehrenden
dar, die Phalanx einer sich Raum bahnenden Systemkritik, die
Züge einer Rebellion annahm. Er sah Fahnen, Banner und
Plakate. Er vernahm den Zorn der Entrüsteten, den Aufschrei
der Empathischen und nicht zuletzt den Mut von Utopisten.

Wie hatten sie von seinem Plan erfahren? Hatte Mo sie verständigt? Über geheime Kanäle, auf die weder Journalisten noch Polizisten Zugriff hatten?

Nun lief Winkler, nicht mehr rennend, sondern majestätisch schreitend, auf diese erwachte Gesellschaft zu. Er hob seine Arme den Protestierenden entgegen. Winkler trat aus dem Schatten eines Phantoms hinein in den Schutz der Öffentlichkeit. Langsam schloss sich um ihn ein Kreis der Jubelnden. Gleich einem himmlischen Segen. Winkler hatte es geschafft, sein Herz hatte es geschafft. Sein Herz stieg empor. Man trug ihn wie einen Helden durch die Luft und er wünschte sich nichts sehnlicher, als sich in dieser Masse auflösen zu dürfen.

Aktenseite 203, Abschlussprotokoll

Todesursache

Als finale Todesursache des Beschuldigten ist der Rückenschuss aus der Dienstwaffe des Beamten L. anzusehen. Er traf mehrere das Herz versorgende Blutgefäße. Nach eingehender Untersuchung und innerbehördlicher Prüfung galt der Waffeneinsatz als unvermeidlich, um weitere Menschenleben zu retten. Er erfolgte aus mittlerer Distanz und nach voriger Warnung. Erst als der Beschuldigte nicht reagierte und erneut das das Gewehr mit Ziellauf auf das Opfer, den Jäger M., entsicherte, musste der Beamte entsprechend handeln. Dem gingen folgende Begebenheiten voraus. Nachdem infolge des Brandanschlags im Schlachtbetrieb Ober-C. die Spur zum Täter mithilfe von Zeugenaussagen aufgenommen werden konnte, setzte eine Observation ein. Es musste ein Netzwerk, mithin eine kriminelle Vereinigung ausgeschlossen werden. Obgleich der Beschuldigte noch nach der Abgabe des Schusses die Worte „Mo flieh!" rief, konnten eventuelle Mittäter im Nachhinein zweifels-

frei ausgeschlossen werden. Dies belegen die
Eincheckdlisten in den Hotels und die dort er-
stellten Kameraaufnahmen.

Auffällig ist in diesem Zusammenhang aber,
dass im Auto des Beschuldigten verschiedene
Unterlagen wie Karten in zweifacher Form
vorlagen. Überdies fanden sich im letzten
Hotelzimmer des Beschuldigten Notizen, die
ebenfalls an den ausgerufenen Namen Mo oder
Morpheus adressiert waren. Wie die gerichts-
medizinische Untersuchung ergeben hat, litt
der Beschuldigte an einer unheilbaren, bald
zum Tod führenden Tumorerkrankung. Halluzi-
nationen können dem ärztlichen Befund zufolge
nicht ausgeschlossen werden.

Dieser Umstand erklärt möglicherweise das Deponieren mehrerer Waffen an unterschiedlichen
Stellen im Umfeld der Treibjagd. Obgleich die
zuständigen Observationsbeamten am Tattag den
Beschuldigten verfolgten, gelang es ihm offenbar unbemerkt den Hintereingang des Hotels zu
nutzen und so bewaffnet in den Wald zu gelangen. Die sieben Toten, ihrerseits Freizeit-
jäger, konnten identifiziert werden.

Legitimiert wird der Eingriff der Beamten ebenso durch ein weitere Gefahrenabwehr. Aus den Unterlagen des Beschuldigten, die sich in dessen Fahrzeug fanden, geht die Planung eines weiteren Sprengstoffattentats hervor. Ziel sollte der vorigen Befreiung von Versuchstieren eine Laboreinrichtung sein. Aufgrund der eindeutigen Beweislast gegen den Beschuldigten sowie dessen Versterben werden weitere Ermittlungen eingestellt. Ferner werden die Habseligkeiten, die der Beschuldigte bei sich trug, gesichert und archiviert, darunter ein Stift, eine Geldbörse, Munition, eine Fibel und ein Zettel mit der Notiz: *Es ist ein Herz, Diese Vernichtung, in der ich untergehe, Oh goldenes Kind, das die Welt töten wird und verzehren.*

Die Deutsche Nationalbibliothek verzeichnet diese Publikation in der Deutschen Nationalbibliografie; detaillierte bibliografische Daten sind im Internet über http://dnb.dnb.de abrufbar.

Björn Hayer
Winklers letzter Feldzug
Reihe: Gegenwarten, Band 12

ISBN 978-3-946392-48-4
© 2025 Gans Verlag, Berlin
www.gansverlag.de

Schriften: Arial, Garamond, Courier New
Papier: Alto Creme 90g
Druck und Bindung: Totem, 88-100 Inowrocław, Polen

Jan Kuhlbrodt
Chemnitzer Trilogie
Teil 1

Jan Kuhlbrodt begibt sich auf eine Entdeckungsreise in das Land der eigenen Biografie. Er geht zurück in die Zeit, da dem Schriftsteller die Schrift selbst noch fremd und äußerlich war, Ornament und Hieroglyphe. Der Protagonist des autofiktionalen Texts erinnert sich an die Jahre der Kindheit in den 1960er- und 1970er-Jahren, als sich ihm der Klang der Umgebung zu Worten fügt und allmählich zur Schrift gestaltet. Zugleich ist das Buch eine Erinnerung an ein Land, das es nicht mehr gibt. Und an eine Stadt, deren Namen nicht mehr vorhanden ist, die in ihrer Repräsentation nunmehr auf die Schrift angewiesen ist. Karl-Marx-Stadt, betrachtet durch die Augen eines Kindes, ohne Wertung, unmittelbar und unsentimental.

„Ich erfahre staunend, welchen Gewinn es bringt, daß ich mich an der Seite des Autors dem, was er vermittelt, unwillkürlich zuwende mit meinem eigenen vorschriftlichen Leben, dem Kindlichen als einem gültigen gegenwärtigen Ganzen."
Elke Erb

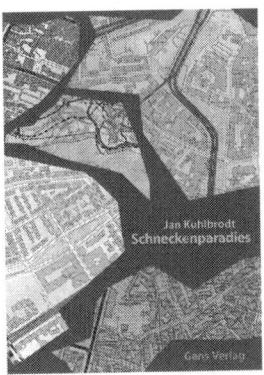

Jan Kuhlbrodt
Chemnitzer Trilogie
Teil 2

Der Held des Romans geht nach der Wende von Karl-Marx-Stadt nach Frankfurt am Main, um Philosophie zu studieren. Die Versprechen von einer gerechteren Welt, Teil der DDR-Utopie, sind da bereits verschüttet, allenfalls verbunden mit den Erinnerungen an einen Jugendfreund, an Leiterwagen und rote Fahnen. In der Bundesrepublik findet der Protagonist Anschluss an die linke studentische Szene in Frankfurt, um nach und nach ernüchtert festzustellen: Auch die jugendlich-revolutionäre Vision einer vermeintlich freien Republik hat ihre Begrenzungen und Schattenseiten.

„Kuhlbrodt stellt die Frage nach dem richtigen Denken im Gleichnis der Schnecken, die Kinder in eine alte Zinkbadewanne mit gesammelten Blättern und Kräutern setzen, die Schnecken aber verschwinden über Nacht. Die Lehre ist: sie wollen ihre eigene Welt, kein künstliches vermeintliches Paradies."

Elke Erb